ハーレムの夜

スーザン・マレリー
藤田由美 訳

THE SHEIK'S KIDNAPPED BRIDE
by Susan Mallery
Translation by Yumi Fujita

THE SHEIK'S KIDNAPPED BRIDE

by Susan Mallery

This edition is published by arrangement with Harlequin Books S.A.

Published by K.K. HarperCollins Japan, 2021

ハーレムの夜

おもな登場人物

ドーラ・ネルソン――秘書
ジェラルド――ドーラのフィアンセ、上司
カリール・カーン――エル・バハール王国のプリンス
ファティマ・カーン――カリールの祖母。エル・バハール王国の皇太后
ギボン・カーン――カリールの父。エル・バハール王国の国王
マリク・カーン――カリールの長兄
ジャマール・カーン――カリールの次兄
アンバー――カリールのフィアンセ
アレセル――アンバーの父。エル・バハール王国の首相
リハナ――王宮の女官
マーティン・ウィングバード――カリールの部下
エバ――カリールの秘書

1

花嫁？

滑走路に目をやったプリンス・カリール・カーンは、蜃気楼(しんきろう)に違いないと自分に言い聞かせた。その現象ならおなじみだ。エル・バハール王国の広大な砂漠で愚かにも迷ってしまったとき、二度も目にした。陽炎(かげろう)のせいで物が揺らめいて見え、目の奥がずきずき痛むので、それとわかる。

ところが、今そういったしるしはひとつも表れていない。だいたい今は七月中旬ではなく、一月だ。滑走路の端には汚れた雪が積みあげられている。陽炎などたつはずもない。蜃気楼を見つめたときのような頭痛も起こらない。問題の花嫁の姿は揺らぐことなく、着実にどんどん近づいてくる。そもそもここはエル・バハール王国ではない。ぼくがいるのはカンザス州にあるサライナ空港のどまんなかだ。

蜃気楼でないとしたら、からだに合わないウェディングドレスを着た黒髪の女性は実際にこちらに向かってきているということだ。

「ぼくは重大な罪を犯したのだろう……たぶん前世で」カリールはつぶやいた。

女性はカリールの前で立ちどまった。泣いていたらしく、平凡な色合いのブラウンの目は赤くなっている。カリールはため息とののしりの言葉をのみこんだ。めそめそするような女性など大嫌いだ。

「すみません」彼女の声はかすれていた。よほど激しく泣いたのだろう。「ここに置き去りにされてしまって……」おもに社用機の発着するこの小さな空港を示す。「変に思われるかもしれませんが、飛行機に乗せていただきたくて……」

カリールは尊大な目つきで――本人はそんな表情をしているつもりはないが、祖母のファティマによくそう言われる――彼女を見おろした。「だけど、きみ、この飛行機の行き先を知らないだろう?」

女性はつばをのみこんだ。「ええ。でも、行き先なんてどうでもいいんです。大きな街ならどこでも」彼女は手を組みあわせた。「ここに置き去りにされてしまって……。荷物も、普通の服もないんです」彼女はウェディングドレスのウエスト部分を引っぱった。

カリールは好奇心をそそられ、真冬にウェディングドレスのまま空港に置き去りにされたわけを女性にきいてみたくなった。彼女はコートすら持っていない。それとも持っていて、着ていないだけだろうか? それほど混乱しているのかもしれない。

そのときターミナルのガラスドアが開き、背が高く、スタイルのいいブロンドの女性が、コーヒーの入ったカップを持って出てきた。短いスカートからは長い見事な脚がのびており、ぴったりしたセーターは、歩くたびに揺れる豊かな胸を強調している。カリールを見ると、彼女は手を振り、にっこりした。

「コーヒーを持ってきたわ」

カリールは考えをめぐらせた。ぼくは運命のいたずらで、ここに連れてこられたのだろうか？　三週間のアメリカ滞在は出だしからさんざんなものになってしまった。有能な若い男性の秘書は、母親の急病のため、やむなくエル・バハール王国に帰国した。宿泊予定の二件のホテルでは予約ミスでスイートルームがとれておらず、普通の部屋に泊まった。自家用機は機体にトラブルが発生したため、代わりのジェット機をチャーターした。だが、それにはロサンゼルスからニューヨークまで飛行できるだけの燃料が積めなかった。それで、こんな辺鄙な空港に寄る羽目になったのだ。とどめは――これがもっとも忌まわしい――臨時秘書の知的レベルが胸の大きさに反比例していることだ。着飾ってにっこりするのが仕事だと思いこんでいるのだろう。仕事をしてほしいと何十回となく言ったが、まったく通じなかった。

カリールは、途方に暮れて助けを求めている花嫁を見つめた。一週目の最後がこれか。残りの二週間はどうなるのだろう？

こめかみがずきずきし始めた。「空席はある」カリールはついに言った。「行き先はニューヨークだ。よかったら一緒に来てかまわないが、静かにしていてくれよ。うるさくはなをすすったりしたら、高度にかかわらず飛行機からおりてもらう」そう言うと、彼はきびすを返して小さなチャーター機に向かった。

ドーラ・ネルソンは見知らぬ男性の後ろ姿を見つめた。彼は〝愛想〟という言葉を知らないようだ。でも、今のわたしは文句を言える立場ではない。自分を棚にあげて、人の言動を批判できる？〝きわめつけの愚か者〟は誰よ？

この四、五年のあいだに、これほどばかなことをしたのは、たった二回だけだ。だが不運にも、二回目は一回目から数週間もたっていない。最初の間違いは、ジェラルドに好かれていると思っていたことだ。そして二回目は、今朝飛行機に戻るのを拒否したこと。上司であり、ついさっきまでフィアンセであったジェラルドが、まさか本当に飛びたって、荷物もバッグもコートも持っていないわたしを置き去りにするとは思わなかった。お金も財布もない。この分では、仕事も失うだろう。

だが少なくとも、飛行機に乗ることはできる。ドーラはそう思い直してウェディングドレスの長い裾(すそ)を持ちあげ、チャーター機に向かって歩いていった。ニューヨークに着いたら、銀行に電話して、電信で送金してもらおう。それでも問題はひとつしか解決しない。身分証明書がないので、民間の飛行機に乗るなど問題外だ。結婚式をキャンセルするための細々した手続きもしなければならない。結婚式は四週間後にとり行われる予定だった。二日前には、胸を躍らせて三百通の招待状を送ったというのに。なんて愚かだったのかしら。

ドーラはジェット機のステップをのぼった。ウェディングドレスの片方の肩がずり落ちてきたので、立ちどまってもとに戻す。ウェディングドレスを着ているだけでも恥ずかしくてたまらないのに、ドレスのサイズが小さすぎるのだ。今朝これを届けに来た仕立て屋は、ぴったりだろうと保証してくれた。それで待ちきれずに機内で試着したところ、このありさまだ。背中のボタンがどうしてもとまらず、冷たい空気がむきだしの肌を刺す。

キャビンに入ったドーラは、向かいあわせになった豪華な革のシートに目をやった。先ほどのブロンドの若い美女が目をあげて眉をひそめた。

「あなたは誰？」

ドーラは気のきいた答えを返そうとしたが、なにも思い浮かばなかった。「誰でもないわ」小声で言うと、通路を進んでいって一番後ろのシートにへたりこんだ。

ドーラを救ってくれた男性がすぐ前のシートに座っていた。背が高くて、むっつりとしてはいるが、とてもハンサムだ。彼女は身をのりだして彼の肩をたたいた。

「すみません。静かにしていなきゃならないのはわかっていますが、お願いがあるんです。コーヒーをいれてもいいですか？」

男性は振り向いてドーラをじっと見た。「調理室の場所はわかるだろう?」

ドーラは、〝もちろんよ〟という言葉をのみこんだ。彼の口調はとげとげしくはなかった。しかし、そのダークブラウンの目にはユーモアのかけらも見えない。まったく今日はさんざんな一日だ。「ええ」彼女はそれだけ言って、彼の言葉を待った。

男性は小さな調理室のほうを手ぶりで示した。「どうぞ。ぼくも飲みたいから、濃いめにしてくれるかな」

「どのようにでもお好きなようにいれますわ」二カップ分のコーヒーの粉でいれて、自分のはお湯で薄めよう、とドーラは考えた。

「それから、ぼくの秘書にいれ方を教えてやってくれないか。彼女が細かい手順を覚えられるか疑問だが」

ドーラは彼を見つめた。冗談ではなさそうだが、本気とも思えない。コーヒーのいれ方なんて誰でも覚えられる。ドーラは、完璧(かんぺき)にメイクアップし、セクシーな服を着たブロンド美女にちらりと目をやった。ひょっとしたら、覚えられない人もいるのかもしれない。

ドーラは立ちあがり、調理室に向かった。そして三分後、コーヒーメーカーにコーヒーをセットすると、シートに戻って腰をおろし、シートベルトをしめて目を閉じた。わたしの人生はめちゃくちゃになってしまった。なんとかして軌道修正しなければ。

ドーラは深々と息を吸いこんで吐きだした。パイロットが離陸を告げ、飛行機が滑走路を動きだす。

高度三千メートルほどに上昇したところで、ドーラは立ちあがって調理室へ行った。カップにコーヒーを半分注いで水を足し、電子レンジに入れる。男性には薄めないでコーヒーを渡した。彼は上の空でお礼を言った。こんなふうに家具のように扱われたりすれば、普段なら侮辱されたと思うところだ。しかし、今日は腹がたたなかった。むしろこのまま消えてなくなりたいくらいだ。そうすれば、めちゃくちゃになった人生に向かいあわなくてすむ。

なぜ招待状を早々と送ってしまったのだろう？　なぜあんな最低の男に引かれてしまったの？　湯気のたつコーヒーカップを持ってシートに戻るとき、ドーラは自分自身に問いかけた。もっとジェラルドのことを知っておくべきだった。問題はそこだ。彼は自分を守るためにわたしを利用するような卑劣な人間なのではないか？　心のどこかでそう疑っていたのに。

ドーラは窓の外に目をやってはいたが、なにも見てはいず、身の振り方を考えていた。これから数週間どうするべきか考えると、気が重かった。離陸してから四十分近くたったころ、激しいののしり声が聞こえてきて、彼女ははっとわれに返った。

「このデータを整理しておくように言ったはずだ。できてないじゃないか」いらだたしげな男性の声だ。

「怒らないで、カリール。努力はしているのよ」女性が甘えた声で言った。

「努力だけじゃだめだ。着陸するまでにこのレポートが必要なんだ。ニューヨークに着いたら、飛行機からおりて、ぼくの前から消えてくれ」そう言うと、カリールはブロンド女性からノートパソコンを奪いとった。

その様子を見て、ドーラはかすかに笑みを浮かべた。彼女は今すぐおりろと言われなかっただけ、ありがたいと思うべきだわ。

シートに戻ってきたカリールは、ドーラに見られていたと気づいて苦笑した。「手厳しいと思っているんだろう？」

ドーラは肩をすくめた。「表計算ができないんだから仕方ありませんわ。それをやってほしくて雇ったんでしょう」

「有能な臨時秘書を頼んだのに、来たのはこれだ」カリールはそう言って、問題の女性を指さした。

ブロンドの女性はとても美人だが、頭はあまりよくないようだ。腰を半分あげて、ドーラに手を振った。「バンビよ」シートに腰をおろしたカリールにほほえみかける。「彼はプリンスなの」

わたしならこの男性を〝プリンス〟とは呼ばないだろう、とドーラは思った。でも、彼が飛行機に乗せてくれたのだ。「どんなソフトを使っているんですか？」ドーラは彼に尋ねた。

カリールは疑わしげなまなざしでドーラを見てから、使っているソフトの名前を告げた。ドーラは通路側のシートに移動して、パソコンに手をのばした。「わたしにやらせてください。わたしの仕事が気に入らなければ、いつでも飛行機からおろしてくださってかまいませんから」ためらう男性に向かって言った。

カリールはかすかに笑みを浮かべて、ドーラにノートパソコンを渡した。なんてハンサムなのだろうと思いながら、ドーラは深みのあるダークブラウンの瞳を見つめた。浅黒い肌は生まれつきだろうか？　それとも日に焼けたせい？　どちらにしろ、とにかくよく似合っている。左頬の薄い傷跡も魅力的だ。

すっと通った鼻筋、たくましい顎、高い頬骨――端整な顔だちは、古代の彫刻が今によみがえったかのようだ。グレーのスーツは、わたしの四カ月分の給料よりも高いのではないだろうか？　肩幅は広く、ウエストは引きしまっていて、とてもすてきだ。彼は自分の好みのタイプだと、ドーラは認めないわけにはいかなかった。

そして彼女はふと思った。わたしはもう三十歳。美人でもないし、標準体重を十キロ近くオーバーしていて、ウエストには肉がついている。彼のような男性は、わたしのような女には目もくれないだろう。もう少し正直に言うなら、どんな男性もわたしには引かれないのだ。でも、ジェラルドだけは例外だと思っていた……今朝、彼は今までわたしに引かれているふりをしていただけだと知るまでは。つらすぎて、今はそのことについて考えられない。

ドーラはカーソルを表の最初の部分に動かし、内容を調べた。「もとのデータはどこですか?」表を再編成しながら尋ねる。

カリールはファイルをとって、ドーラに窓際のシートに移動するように示した。そして彼女の隣に座ると、書類をとりだした。「二社のうちのどちらかを買収したいので、比較しているんだ。コストの分析をして、それぞれの損益計算書をつくりたい」

ドーラはカリールが持っている書類に目をやってうなずいた。こんなものなら眠っていてもできるわ。「総売上高から純益だけを出しますか? それとも、別々に利益率を出して分析しますか?」

黒い眉をかすかにつりあげ、カリールはドーラの質問に答えた。

二時間後、ドーラはシートのあいだに備えつけられたプリンターをもとに戻し、カリールにレポートを渡した。「二部コピーしてあります。こちらがデータです」

バンビはキャビンの前のほうに座っていた。ファッション雑誌をぺらぺらめくっている。失業したことを意に介してすらいないようだ。わたしも自分の境遇に動じない人間になりたい、とドーラは思った。

パイロットが機内アナウンスで着陸態勢に入ったことを伝えた。ドーラはシートベルトをしめた。腕時計をちらりと見て愕然とする。なんてことなの。午後七時……つまり、ロサンゼルスでは午後四時だ。銀行に電話を入れても通じない。銀行が閉まる前に機内から電話をかければよかったのに、そんなことは考えつきもしなかった。今夜は空港のベンチで寝る羽目になりそうだ。忌まわしい一日のしめくくりにはぴったりだわ。

着陸しても、ドーラは機内でぐずぐずしていた。背中が開いたままのウェディングドレスで歩き回るなんて、恥ずかしくてたまらない。ようやく狭いステップをおりて外に出たとき、カリールとバンビはまだジェット機のそばにいた。

「きみは首だと言っただろう」カリールはバンビに言った。

バンビはにっこりした。「わかってるわ。ありがとう、カリール。大変だったわ。お仕事もだけど、自分を抑えるのが」彼女は見事なからだをカリールに押しつけるようにした。

「あなたがほしいの」

聞いてはいけないと思いながらも、ドーラは歩みを遅くして耳を澄ました。

「ミズ・アンダーソン、きみに興味はない。個人的にも、仕事のうえでもね。きみは首だ。ぼくの目の前から消えてくれ」

バンビは口をとがらせた。「本気じゃないでしょう？　あなたはお金持で、わたしは美人。ふたりは一緒になる運命なのよ」

カリールは侮辱されたかのように身をこわばらせた。「ぼくはエル・バハール王国のプリンス・カリール・カーンだ。ぼくの言葉にしたがいたまえ」

ドーラはぽかんと口を開けた。バンビの言葉は冗談ではなかった。彼は本物のプリンスなのね。必死に記憶をたぐって、エル・バハール王国についての知識をかき集める。確か、アラビア半島のどこかにある国で、国王と三人のプリンスが統治していて、対外的には長いあいだ中立の立場をとっていたんじゃなかったかしら。

「そんなこと言わないで、カリール。わたしはミス七月に選ばれた女よ」バンビが涙声で言う。

ドーラはバンビのからだをじっと見つめた。バンビの言葉は事実だろう。雑誌のグラビアモデルとして十分通用する。

カリールはドーラを見た。「きみの名前を知らないいんだが」

「まだおききになっていないからですわ」ドーラはカリールの前に歩みでて、手をさしだした。「ドーラ・ネルソンと言います」

カリールはドーラのてきぱきとした態度に驚きながらも、すぐに彼女の手をとった。その瞬間、ドーラはからだのなかを熱いものがつきぬけるのを感じた。彼のほうはなにも感じていないらしく、手を離すと軽くうなずいた。

忌まわしい一日にふさわしい幕ぎれね、とドーラは思った。笑いとばせるものなら笑いとばしたい。せめてめそめそするのはやめよう。

「乗せてくださってありがとうございます」ドーラはせいいっぱい明るい声をつくって言った。「本物のプリンスだったんですね」間を置き、口もとに手をあてる。「申しわけありません。失言でした。わたし、少し疲れてるんだわ。本当にありがとうございました」そう言うと、彼女は背を向けて行こうとした。

「待って！　ミズ・ネルソン、ちょっと話を聞いてくれ。あと二週間この国に滞在する予定なんだが、帰国するまで秘書を務めてもらえないかな？」

「そんなのおかしいわ」バンビはハイヒールのかかとを踏み鳴らした。「わたしは美人だわ。でも、彼女はそうじゃない。だいたい彼女は――」

侮辱的な言葉を浴びせられると思い、ドーラは身をすくませた。だが、バンビの声はとぎれた。ドーラは、カリールがターミナルの入口に立っていたふたりの男性に手招きしたのに気づいた。彼らはこちらにやってくると、バンビの腕をつかんだ。

「やめて！　なにするのよ。カリール、わたしがほしくないの？　わたしたちは最高のカップルになるわ。あなたはお金持だし、わたしは……」バンビは連れていかれるあいだずっと叫んでいた。

バンビの言葉はガラスドアにさえぎられた。ドーラはほっと息をついた。カリールも同様に吐息をもらした。

「彼女は頭痛の種だったんだ」カリールは言った。「ところで、臨時秘書の件は引き受けてもらえるかな？　給料ははずむ。週五千だ」

ドーラは目をぱちくりさせた。「ドルですか？」

「もちろんだよ」

ロサンゼルスで働いていたときの一カ月分の給料より多い。

ドーラは空港を見回した。カリールの申し出は、まさに天からの贈り物だ。彼女はうなずいた。「ぜひやらせてください。ただ条件があります。前金をいただきたいんです。服を買いたいので」

カリールはジャケットの内ポケットから財布をとりだし、百ドル札を数枚ぬいた。「どうぞ」そう言ってドーラに渡す。「これをつかって。服は車のなかから注文して、ホテルに届けてもらうといい」彼はにっこりした。「契約成立のボーナスだと思って」

ドーラは頭から血が全部ぬけてしまった感じがした。お金に目がくらんだわけではない。当座の問題が解決したからでもない。カリールの笑顔にひどく心を揺さぶられたからだ。浅黒い肌に、まっ白な歯。唇の両端があがる様子。とびきりハンサムな男性だとは思っていたが、すっかり心を奪われてしまうなんて……。

そのとき、黒のリムジンがジェット機の横にとまった。バンビを連れていく役目を終えて戻ってきたふたりの男性が、カリールとドーラのために後部ドアを開けた。

重役づきの秘書として、ドーラはこれまでにも一、二回こうした待遇を受けたことがあった。しかしプリンスに同行するのは初めてだ。彼女はなめらかな革のシートに滑りこんだ。次にスーツ姿の男性のひとりが彼女の正面に座った。カリールはドーラの隣だ。もうひとりのスーツ姿の男性はボディガードなのか、助手席に乗りこんだ。

数秒もしないうちにリムジンは走りだした。ドーラは笑いだしたい気持を懸命に抑えた。今朝はロサンゼルスのアパートメントで一日の計画をたてていた。月末の結婚式を待ち遠しく思いながら。なのに今はニューヨークにいて、エル・バハール王国のプリンスとリムジンに乗っている。財布もフィアンセも失った。おまけにプライドまでも。それでも笑いたくてたまらない。ヒステリーの発作？　それとも、空港のベンチで寝ないですんだから安心したのだろうか？

カリールは肘かけの上部を開け、携帯電話をとりだした。「これが宿泊するホテルだ」携帯電話と文字が金色で打ちだされている名刺をドーラに渡す。「ホテルに電話して、今日じゅうに服を届けてくれるブティックを探してもらうといい。そこに必要なものを注文するんだ。請求書はホテルのぼくの部屋宛に送ってもらってくれ」

カリールはドーラにもう一枚名刺をさしだした。そこには〝プリンス・カリール・カーン——エル・バハール王国資源開発大臣〟と記されている。名刺の上部と中央部に印刷された小さな王冠は王室の紋章だろう、と彼女は思った。

ドーラはリムジンのなかを見回した。向かいに座っている男性は窓の外を凝視しているが、会話は当然聞こえているはずだ。カリールは言うまでもなく、運転手と助手席の男性にも聞こえるだろう。ドーラはつばをのみこんだ。なんてことなの。見知らぬ男性四人が同席するなかで、一週間分の服はもちろん、下着まで注文しなければならないなんて。やはり幸運は長続きしないようだ。

2

　豪華なホテルのロビーは三階くらいまで吹きぬけになっていた。上等な家具、高価なカーペット。シャンデリアはたぶんカットガラスだろう。ドーラはきょろきょろしてはだめよと自分に言い聞かせた。

　プリンスに同行するのは初めてなので、ドーラは困惑していた。もっとも、周囲の注目を集めているのはカリールがプリンスであるからではなく、わたしの格好のせいかもしれないが。彼女はできるだけなにげないふうを装い、大理石のフロアを歩いてフロントに向かったが、恥ずかしくてたまらなかった。

　フロントにたどりつく前に声をかけられた。身なりのきちんとした背の低い男性がカリールの前に来て、深々と頭をさげ、夜間の支配人だと自己紹介した。そしてカリールとドーラをエレベーターに案内し、キーをさしこんでから最上階のボタンを押した。

　お金持はチェックインをする必要などないらしい。ドーラはうっすらと笑みを浮かべながらそう思った。

間もなくエレベーターのドアが開いた。正面の小さな真鍮の飾り板には三つのルームナンバーしか記されていない。ドーラはつばをのみこんだ。ひとつのフロアに三つのスイートルームだけ？　まさか。たぶんプライベートクラブとか、バンケットルームとかがあるのだろう……。これだけ大きいホテルだ。ひとつのフロアに三つのスイートルームしかないとしたら、ひとつがとてつもなく広いのはもちろん、非常に豪華なのだろう。

支配人は左に曲がり、一メートルほど行ったところで両開きのドアを開けた。カリールは立ちどまり、ドーラに先に入るように示した。ボタンがとまらないせいで大きく開き、ブラジャーのストラップがむきだしになっている背中は見られたものではないだろう。彼女はそれについては考えないようにしてなかに入った。

ドーラは自分の格好が気になって、リビングルームの大きさを推しはかるどころではなかった。床から天井まである窓からは、ニューヨークの街並みとセントラルパークが望め、その絶景に思わず息をのむ。

リビングルームはバスケットボールコートほどの広さがあり、まさに王族にふさわしい部屋だった。大理石の柱や巨大なソファ。絵画や実物大の馬の銅像。窓の横には小型のグランドピアノ。部屋の左右には廊下がのびている。支配人は左手をさした。

「ダイニングルームは隣のドアになります。その奥がキッチンです。シェフの料理がご希望でしたら、お申しつけください。つきあたりがオフィスです。ご依頼どおり、電話等、必要な設備はすべて整っております」支配人は次に右手をさした。「マスター・ベッドルームを含めて、ベッドルームは四部屋あります。軽い夕食をご用意させていただきました。ブティックからのお届けものはベッドルームに置いてあります」

カリールはうなずいた。「ありがとう、ジャック。すべて申し分ないよ」

支配人は再び頭をさげた。「プリンス・カリール、ご宿泊いただけて光栄でございます。なんなりとお申しつけください」

「わかった。今夜はもう引きとってもらってかまわないよ」

ドーラは信じられない思いで、カリールと支配人のやりとりを聞いていた。驚きのあまり口をぽかんと開けてしまわないように、口もとを手で押さえる。こんなスイートルームが存在するなんて知らなかったし、自分が今夜泊まれるなんて思いもしなかった。いいえ、わたしにはほかの小さな部屋が用意されているのかもしれない。でもそれでも、かまわないわ。このホテルなら、どの部屋だってきっとすてきなはずだ。

カリールがふたりのスーツ姿の男性になにか言った。彼らが廊下に消えると、カリールはドーラのほうを向いた。「ボディガードが退屈そうだったんでね。ぼくやふたりの兄が外遊するときは、父が必ず護衛をつけさせるんだ」

「用心するに越したことはありませんわ」コメントを求められているのかどうかわからなかったが、ドーラは言った。

「そうだね。彼らはスイートルームに宿泊し、ぼくが外出するときはついてくる。でも、めだたないようにしているから、邪魔にはならない」

「よかった」ドーラは言った。ボディガードがそばにいるせいで不自由な思いをすることはないと知って安心した。

「支配人が言ったように、注文した服はきみの部屋にある。軽い夕食を頼んでおいた。きみの部屋にも用意されているはずだ。仕事は朝八時きっかりに始めたい。オフィスはそのつきあたりだ」カリールは左手の廊下をさした。

「わかりました。迷ったらフロントに電話して、道順を教えてもらいます」ドーラは答えた。

「きみなら、そんな必要はないだろう」カリールはそう言いながら、ドーラにほほえみかけた。

ドーラは不意に息がつまり、咳払(せきばら)いしてから言った。「ベストをつくします」ベッドルームのほうに一歩踏みだしたところで立ちどまる。「なんてお呼びしたらいいでしょうか？　殿下ですか？　それとも、プリンス・カリール？」

「カリールでいいよ」

ドーラはもう一歩踏みだしたが、また立ちどまってカリールを振り返った。彼は背が高く、あまりにハンサムで、近づきがたい。バンビくらいの美女に生まれればよかった。ドーラは一瞬そう思った。

「今日はとてもご親切にしていただいて、感謝しています」

カリールは、礼には及ばないというように手を振った。「いや、ぼくのほうこそ幸運だったよ。あの女性にずっと悩まされていて、もう限界だったんだ。おやすみ、ドーラ」

カリールの最後の言葉を退去命令と受けとり、ドーラはベッドルームに歩いていった。どれが自分のベッドルームかはすぐにわかった。ふた部屋はすでにドアが閉まっており、広々としたマスター・ベッドルームのドアは開いたままだ。素早く視線を走らせると、四人が楽々寝られるくらい大きな天蓋(てんがい)つきのベッド、ソファ、本格的な暖炉、奥には夢のようなバスルームが見えた。ドーラは廊下のつきあたりの、ドアが開いているベッドルームに向かった。

広々とした部屋は青と金色でまとめられていた。家具はフランス風で、とても洗練されている。隅の小さなテーブルにはルームサービスのトレイが置かれ、クイーンサイズのベッドの前には六つ以上のショッピングバッグが並んでいた。

ドーラはなにから片づけたものかと迷った。そのとき、おなかが鳴った。そう言えば、今朝早くロサンゼルスのアパートメントで食事をして以来、なにも食べていない。椅子にかけ、まずサラダとロールパン、風味豊かなチキンとつけあわせの野菜、サフランライスを平らげた。甘いチョコレートのデザートは、あとの楽しみにとっておこう。

シャルドネをすすりながらベッドに座ったとき、反対側にあるドレッサーの鏡に映った自分の姿が目に入った。それをじっと見つめているうちに、うめき声をあげたくなった。なんてひどい姿なのだろう。メイクははげ落ち、目の下はまっ黒になっている。黒いセミロングの髪はぺしゃんこで、サイズの合わないウェディングドレスはしわくちゃだ。

「わたしの人生はめちゃくちゃね」ドーラは鏡のなかの自分に語りかけた。もちろん、反対意見は返ってこなかった。

十二時間前は幸せで満ち足りた気分だった。結婚式に思いをはせながら、上司であるフィアンセとボストンへ旅行に行く準備をしていた。今、わたしは赤の他人の厚意により、ひとりぼっちでニューヨークにいる。その見知らぬ人はなんとプリンスだった。プリンスに助けてもらう人なんて、どのくらいいるかしら。でも、一時的に救われたにすぎない。二週間が過ぎれば、とりあえずもといた場所に戻らなければならないだろう。またジェラルドと顔を合わせることになるかもしれない。

そんなおぞましい考えを振り払うように、ドーラはかがんでショッピングバッグのひとつをベッドに引き寄せて中身を出した。それから次々とバッグを空にしていく。やがて、ベッドの上は高価なすばらしい服でいっぱいになった。

靴、ブラジャー、ネグリジェ、ドレス、スカート、ブラウス。包装紙に包まれた箱のなかには、化粧品と化粧道具のセットが入っていた。ファスナーのついたケースのなかは洗面用具だ。

　ドーラは立ちあがり、ウェディングドレスを脱いで山になった服の上にほうり投げた。

　一着目のドレスを着てみる。柔らかなシルクのブルーのワンピースで、大きなヒップをうまく隠してくれる。肩から胸もとにかけて生地より少し濃いめのブルーの薔薇の刺繍が施されているため、上半身に目が行き、バランスがとれて見えるのだ。

　ほかの服をよく見てみると、ブラウスがどれも明るく淡い色であるのに対し、スカートはすべてそれより濃く落ち着いた色のものが選ばれているのに気づかされた。ブティックのオーナーのセンスに感心したところで、サイズを教えたのを思いだした。ブラウスやセーターのサイズに比べ、スカートやパンツは一サイズほど上のものでなければならないのだ。

　ドーラは肩をすくめ、鏡に向かった。われながらなかなかすてきだ。ふと袖口にさがっている値札に目をやった。思わず驚きの声をあげる。

　千二百ドル。

　彼女は目をぱちくりさせた。千二百ドルですって？　仕事着が？　しわくちゃのウェディングドレスに目をやる。アウトレットショップでセールのときに買ったものだ。

　ドーラは無造作にベッドに積みあげた服をじっと見つめた。全部でいくらになるのか、計算する気にもなれない。気分が悪くなりそうだったので、服はすべてウォークイン・クローゼットにしまった。それから顔を洗い、シンプルなコットンのネグリジェに着替えた。これだって、ウェディングドレスより高いのだろうと思いながら、ベッドに入った。

柔らかな枕(まくら)に頭を置き、一日を振り返る。そのとたん、後悔した。ジェラルドのことが脳裏に浮かんでしまったからだ。卑劣よ。最低だわ。あんな男とは別れて正解よ。偽りの人生を送るより、ひとりで生きたほうがましだ。

それは本当の気持だが、胸の痛みをどうすることもできない。フィアンセに愛されていないと知っただけでもショックなのに、それを面と向かって言われたのだ。ドーラは横向きになって、膝を抱えた。わたしのせいなの？　わたしが悪いの？　結局わたしを求めてくれる人なんて、ひとりもいないってことね。

ジェラルドもわたしを求めてはいなかった。閉じたまぶたから涙があふれる。彼は求めているふりをしていただけだった。彼は……。

閉じたドア越しに女性の小さな笑い声が聞こえてきた。ドーラは頭をあげかけたが、すぐにもとに戻した。ハンサムなプリンスが女性と夜を過ごしているだけのことだと気づいたからだ。エル・バハール王国のプリンス・カリール・カーンはどんな女性とベッドをともにしているのかしら？　きっと美人ね。そのうえ頭も切れるに違いない。彼はバンビにいらいらしていたもの。

ドーラは、カリールとバンビのやりとりを思いだした。一時的とはいえ、わたしの人生を変えてくれた男性は、どんな人なのかしら？　ジェラルドと同じように、やっぱり卑劣なの？　男はみんなそうだというわけ？　それとも、カリールは違う？　名誉を重んじて、嘘（うそ）をつかない人？

　カリールについてはあまり考えないようにしよう。夢の世界を思い描いて、臨時秘書の仕事を失いたくはない。でも、彼のことを思い浮かべないようにすると、ロサンゼルスに戻ったときに直面するであろう厄介事について考えてしまう。少なくとも結婚式のキャンセルは長距離電話ですませられる。屈辱的だけれど、わざわざ出向くよりはましだ。

　また涙があふれたが、ドーラはなんとかこらえた。ジェラルドの仕打ちに涙するのはこれっきりにしよう。ひと粒の涙を流す価値もない男だ。それでも彼に愛されたかった。男性に愛されたことがなかったから。ジェラルドだって愛しているふりをしていたにすぎない。それなのにわたしは彼を信じていた。悲しいけれど、それが事実だ。

「ええ、わかっています、ミスター・ブーリエ。そちらのレストランのワインリストは申し分ありません。ですが、殿下はご自分のワインセラーからお選びになったものをお出ししたいそうなんです。エル・バハール王国から空輸させていますので。もちろん持ちこみ料はお支払いします。それでもご不満でしたら、別のレストランをあたってみますわ」

　受話器の向こうからあわてた様子が伝わってきたが、ドーラは聞いていなかった。二本目の電話線につながったファクスに注意を向けている。〝半導体メモリーチップの進歩〟という文字を見て、待っていた情報だとわかった。

「すみません、ミスター・ブーリエ。なんておっしゃいました？」

「殿下のご希望はわかりました。喜んでそのようにさせていただきます」

ドーラはかすかに笑みを浮かべたが、うまくいったうれしさを声に表さないように気をつけた。「あなたにご協力いただけると、殿下に伝えておきます。ディナーは三十五人分用意してください」

「貸し切りとなりますと、その倍のディナーをご用意できますが。申しあげた金額は、七十五人分ご用意した場合のものでして」

「承知しています。でも殿下は、なによりもプライバシーを大切になさっています。七十五人分の金額はお支払いしますが、用意するディナーは三十五人分でけっこうです。それではなにか不都合でも？」

「とんでもございません」ミスター・ブーリエの声はかすかに震えていた。「確かに承りました」

「無理を申しあげてすみませんでした。では明晩」

ドーラは受話器を置いた。すぐにベルが鳴り、またとりあげる。相手の名前をリストで確認し、誰だか調べたあと、コンピューターでスケジュールを呼びだしてミーティングの日時を決め、また受話器を置いた。電話がボイスメールにつながるようにスイッチを入れて、席を立つ。そしてたまったファクスと三冊のファイル、メモ帳を持つと、部屋を出た。

カリールのオフィスはドーラのオフィスの隣だ。ドアは開け放されている。用があればいつでも入ってかまわないと彼女は言われていた。この五日間のあいだに、ドーラが朝夕、仕事の進行状況をカリールに報告するのが、ふたりのあいだの決まりごとになっていた。

ドーラはカーペットを横ぎって、カリールの机の正面に置かれた椅子に腰をおろした。

それを見ると、カリールはうなずいた。「ちょっと待っていてくれ」

「はい」

ドーラはカリールの後ろの大きな窓に目をやった。そこからはニューヨークの南側が見渡せる。晴天だが、寒い朝だった。ホテルの最上階から眺める街は美しい。ニューヨークは好きではなかったが、この数日で気が変わった。ここにはいろいろなものがある。臨時秘書の仕事が終わってからも、何日かとどまろうかしら……もちろん、もっと安いホテルに。

カリールは一心不乱にモニターを見つめながらキーをたたき続けていた。いつものように、仕立てのいいスーツが、動物のように強くしなやかなからだを強調している。そのからだをいつまでも見ていては危険だと思い、ドーラは視線を上に移動させた。カリールの黒髪は後ろに撫でつけられ、襟にかかっていた。ドーラは、彼の髪が乱れているのをほとんど見たことがなかった。

カリールの横顔は厳しかった。妥協を許さない口もと。眉を寄せた少しいかめしい表情。左頬にある薄い傷跡……。

カリールがプリンスとしての態度を崩すことはほとんどなかった。親しげにふるまうこともなければ、冗談にこたえることもめったにない。しかし、知性あふれる態度は尊大には映らないし、並はずれてすばらしい容姿は絶えずわたしの胸を高鳴らせる。いろいろな意味で、こんなに複雑な男性に出会ったのは初めてだ。

しばらくしてカリールはようやくドーラのほうに顔を向けて尋ねた。「今朝の調子はどうだい?」

「すべてうまくいってますわ」ドーラはそう言い、ファクスを手渡した。「マイクロチップについての最新情報です」

カリールがファクスに目を通す。ドーラは、彼のダークブラウンの瞳に心の底まで見通されそうだと感じるときがあった。もちろんそれは勝手な思いこみにすぎないとわかっている。カリールは、わたしが生きていることにすらほとんど関心がないのだ。彼にとってわたしは機能的なオフィス機器も同然であり、女性の姿をしたロボットのようなものだ。

カリールはファクスを置いた。「ほかには?」

ドーラは、水の再利用を研究している科学者たちとのミーティングが入っていると伝えた。カリールはコンピューターに向かい、キーをたたいて翌日のスケジュールを呼びだした。ドーラが入れたスケジュールについては文字の色が変えてある。

「よし」カリールは言った。「砂漠にある国としては、増加し続ける国民用の生活用水と灌漑用水を確保することは特に重要なんだ。砂漠が開拓される日がいつかきっと来る。ぼくはそう信じているのさ。いやでも彼女は言うことを聞くようになるよ」

「砂漠が女性名詞だとは知りませんでした」

「予測のできないものはすべて女性名詞だよ。船も飛行機も母なる自然もね」

カリールは女性問題に悩んでいるのだろうか？　わたしが知る限り、ここに到着した晩以来、女性の存在は感じられない。特別な人はいるのかしら？　もしかしたら結婚しているのかもしれない。

そう考えると、ドーラの心はなぜか乱れた。その気持を心の奥に押しこめて言う。「明日の夜のディナーは手配しました。ワインは明朝届く予定です」

「ワインの持ちこみは断られなかったかい？」

ドーラはにっこりした。「ミスター・ブーリエは不満げでしたが、理解してもらえたようです」

「きみならなんとかしてくれると思っていたよ」カリールはそう言ってから、三通の分厚い封筒をドーラに渡した。「チャリティ行事への招待状だ。時間がなくて、ひとつしか行けない。どこに行くべきだと思う?」

ドーラは上品な招待状にざっと目を通して、肩をすくめた。「勘で決めたらいかがです? わたしは、小児エイズ研究基金のためのチャリティがいいと思いますが、ホームレス救済のためのファッションショーのほうが、若くて魅力的な女性がたくさん来るんじゃないかしら」

ドーラはそっとカリールの表情をうかがった。だが、彼はにこりともしていない。ジョークで返してくれるのを期待していたわけではないけれど、カリールにはユーモアのセンスというものがないのかしら? だからといって不満を言うつもりはない。この五日間のうちに、気づけばアメリカ滞在中のカリールの片腕になっていたのだから。わたしは書類を渡したり、コーヒーを出したりしているだけではない。昨夜は彼に同行して、ふたりの議員と食事をした。干魃(かんばつ)に強い作物の研究が進んでいるエル・バハールのプリンスに、その成果をききたいということだった。話の内容や、カリールが議員に提供すると約束した資料をメモするのがわたしの仕事だったが、食事が終わったあと、彼に意見まで求められた。

開いたドアが軽くノックされた音で、ドーラははっとわれに返った。ちらりと目をやると、ルームサービスのワゴンを引いたウエイターが立っていた。

「ダイニングルームに運んでください」ドーラは言った。

ドーラは持ってきたファイルを手にした。カリールも自分のファイル数冊とレポート用紙を持った。ふたりは長い廊下を歩いてダイニングルームに向かった。ランチはすでに用意されていた。

「小児エイズのチャリティに行くよ。ほかは断っておいてくれ」カリールは言った。

「わかりました」カリールが自分の提案どおりにしたことに驚きながら、ドーラは答えた。もっとも、彼には驚かされてばかりだけれど。

秘書としての第一日目からカリールにランチに誘われたときには、面くらい、緊張したものだ。だが、彼は時間を無駄にしたくないだけなのだとわかった。仕事が山積みでも、食事をぬくわけにはいかない。ワーキングランチにすれば、一石二鳥だ。

ドーラは椅子を引いて腰をおろした。

カリールも腰かけると、ひとつ目のファイルを開いて切りだした。「大使館のパーティのことだが……」

二時間後、テーブルは片づけられた。仕事はまだまだ残っていて、夜までかかりそうだ。ドーラは長時間働くのは気にならなかった。おかげで、ほったらかしにしている問題から気をそらすことができる。しかし、いつまでも避け続けるわけにはいかない。ワーキングランチが終わりに近づいたとき、ドーラは咳払いをした。

「今日の午後に少しお暇をいただきたいんですけど」ドーラはためらいがちに言った。

「一時間でかまいません。ロサンゼルスに電話をしたいんです。電話用のクレジットカードを持っていないので、料金をお給料からさし引いて――」

カリールはドーラの言葉が終わらないうちに、手を振った。「電話代なんて気にしないでいいよ。財布の中身がまだ戻ってこないのかい?」

「いいえ。クレジットカードは二枚送られてきました。同僚が速達でパスポートを送ってくれたので、写真入りの身分証明書もあります。その気になれば、飛行機で家にも帰れるんです。でも、とにかく今すぐ自分の生活の後始末をしなければと思いまして」

そう言われるまで、カリールは新しい秘書に私生活があるとは思ってもみなかった。あまりにきっちり仕事をこなしてくれるため、彼女をひとりの人間と見なしていなかったのだ。彼はドーラと出会ったときの状況を思いだし、眉をひそめた。カンザスの空港で、背中のボタンがとまらないウェディングドレスを着た彼女は、手荷物ひとつ持っていなかったっけ。

「たったひとりでサライナ空港にいたこととなにか関係があるんだね?」

ドーラはかすかに頬を赤らめた。「ええ、その……そうなんです」彼女は口ごもった。

自分の生活を大切にしなさいと言おうとして、カリールはふと、詳しい事情を知りたくなった。「なにがあったんだい? トラブルに巻きこまれたとか?」

「事件や事故というわけではないんですけど」ドーラはため息をついた。「わたしは、上司であり、フィアンセである男性と、ボストンに向かう途中でした。ウェディングドレスはあの朝届けられたもので、機内で試着していたんです。直してもらおうと思って」唇をぎゅっと結ぶ。「奥で試着して出てきたら、とんでもない行為に及ぼうとしていたんです。ジェラルド……わたしのフィアンセがグレンダのスカートに手をかけて、とんでもない行為に及ぼうとしていたんです。結婚を間近に控えていたというのに」口調は冷静だが、その瞳はつらそうだった。

カリールはなにから問題にすべきか迷った。フィアンセから受けたひどい侮辱についてか、上司と婚約していたことか、グレンダとは何者かか、〝とんでもない行為〟に関してか。

カリールは一番簡単なものにした。「グレンダって？」

「わたしが働いていた会社の重役です。ＨＴＳという家族経営の会社の。社長のミスター・グリーンは社員の私生活の乱れには厳しいんです。グレンダは既婚者だから、本当に不潔なことだわ。それが許せなくて」

いつもならドーラの口もとにはかすかな笑みが浮かんでいるが、今は唇がまっすぐに引き結ばれている。カリールは一瞬同情を覚えた。ドーラはすばらしいところをたくさん持っている。知的で勤勉だし、ユーモアのセンスもある。積極的で従順さに欠ける点はぼくの好みではないけれど、アメリカ人なのだから仕方がない。でも、部下としては申し分ない。そんな彼女が上司にひどい扱いを受けたと聞き、彼はどうしようもなく不愉快な気分になった。

「もちろん大げんかになりました。腹がたつし、傷つくし……もう、屈辱的な気分でした。グレンダはにやにや笑いながら平然と座ってたんですよ。最低な人だわ」ドーラは肩をすくめた。「サライナ空港に着陸したとき、とにかく逃げだしたくて、無我夢中で飛行機からおりたんです」

「きみらしくないね」カリールはつぶやいた。

「そうですか？　ジェラルドに戻ってこいと言われたけれど、わたしは拒否しました。すると彼はパイロットに離陸を命じたんです。わたしは荷物も、お財布もお金も、なにも持たないまま置き去りにされてしまったんです。まさかこんなことをされるなんて思いもよりませんでした。もっとも、彼がグレンダと浮気したのだってまったく予想外の出来事ですけれど」落胆したようにドーラの声が小さくなる。「彼のことをまったく理解していなかったんだと思います」

ジェラルドという男は最低のやつだ、とカリールは思った。そのとき、古代のエル・バハール王国の風習が頭に浮かんだ。当時は、罪を犯した男性がプリンスに鞭（むち）で打たれるという刑があったらしい。

「結婚式はキャンセルしなければなりません」ドーラは言った。「三百人の招待客には招待状を発送してしまいました。だから、早く知らせないと」

「そうだね。そうしたほうがいい」

「ええ」ドーラは笑みを浮かべ、ジェラルドの裏ぎりなんて、もうなんとも思っていないふりをした。

「彼と話しあいはしたのかい？」

「ジェラルドと？　いいえ。話しあいなんてしたくありません。わめきちらされるのが落ちです。わたしが姿を消したことを、ミスター・グリーンになんて説明しているものやら」ドーラはつばをのみこんだ。「ジェラルドと別れることになってほっとしています」きっぱりと言う。「彼はわたしが好きだと言ってくれました。でも、それはまったくの嘘だったんです。あんな人と一緒にいる気はありません。こうなってよかったんです」

ドーラが本当にそう思っているのかどうか、カリールは疑問だった。彼女がたち直るにはもう少し時間がかかるだろう。それまでのあいだぼくがしてやれるのは、彼女を忙しくさせることだ。それならかなりうまくやれるだろう。

3

リビングルームの時計がチャイムで時を告げた。チャイムの数を数えたドーラはびっくりした。もう真夜中だ。カリールとおしゃべりを始めてから数分しかたっていないような気がするのに、もう三時間も過ぎていたとは。少しでも常識があれば、いとまを告げて自室に引きあげるべき時間だ。

しかし、ドーラはもう少しこうしていたかった。カリールの話を最後まで聞きたいし、上司と部下以上の間柄になった気分で彼を見ていたかった。

「兄のマリクが言うことを聞かないので、祖母は怒った」カリールは話を続けた。「それで祖母は賞をとったことのあるマリクの種馬を売り払ってしまったんだ。マリクがそれに気づいたときはもう手遅れだった。種馬は去勢されていたのさ。マリクは激怒して父に訴えた。祖母のファティマを鞭打ちの刑にしてくれってね」

「マリクは判断を誤ったわね」祖母とせっかちな馬商人に馬の繁殖場をつくる計画をつぶされて怒る十二歳の少年を思い浮かべながら、ドーラは言った。

「まさにそのとおり」カリールは言った。「罰を受けたのは、マリクのほうだった。三週間のあいだ、授業に出席するとき以外、自分の部屋から出るのを禁止されたうえ、祖母の雌馬を〝借りたこと〟を彼女に謝罪させられた」カリールはソファの前のコーヒーテーブルにブランデーの入ったグラスを置くと、背をもたせかけた。「謹慎中、マリクはぼくに、国王になったら、孫息子のやったことに対して——その子が皇太子である場合は特に——祖母は責めを負わなければならないと法律で定めるんだって言ったんだ。それを知った祖母はますます怒って、マリクに言い渡した。国王になるには大人にならなければいけないけれど、その調子では無理だろう、と」

ドーラは笑いだした。「それでどうなったか、あててみましょうか？　マリクとおばあさまはとても仲よくなった」

「そうなんだ。ぼくたちみんな祖母が大好きなんだ。母はぼくたちが幼いころに亡くなったから、祖母が育ててくれた。すばらしい女性だよ」

カリールは遠くを見るような目をしている。彼の心はエル・バハール王国に飛んでいるのだろう、とドーラは思った。どんな国なのかしら？　わたしの雇い主が語っている謎の国は、想像どおりのすてきな国なの？

「マリクは国王になるんですか？」ドーラは尋ねた。

「父が亡くなったらね。マリクはすぐれた指導者だ。ちょっと尊大で、独裁的だけど」

「ご家族特有の気質なんでしょうね」ドーラは小声でつぶやき、飲物を飲んだ。

カリールはドーラをじっと見ると、眉をつりあげた。「ぼくは受け継いでいないと思うよ」

「ええ、そうですね」ドーラは思わず笑った。

「きみは欧米の女性だ」カリールはまじめな口調で言った。「生きたいように生きている。正しい育ち方をしていたら、ぼくに反感は持たないはずだ」

「正しい育ち方？」ドーラは笑いだした。「どういう意味かしら？　この際だから言いますけど、あなたに反感なんて持っていません。一緒に仕事をしているととても楽しくて、あっという間に時間が過ぎてしまいます」カリールがあと二日でエル・バハールに帰国するなんて信じられない。「あなたが帰国されたら、寂しくなるでしょうね」

最後の言葉が思わず口をついて出た瞬間、ドーラはしまったと思った。この十二日間で、雇い主の性格がつかめてきた。彼は確かに尊大で独裁的だが、公平な人間だ。コンピューターかロボットのように扱われたりもするけれど、気にはならない。ジェラルドと違って、人を傷つけるようなことは決してしないからだ。カリールはわたしの容姿についてとやかく言ったり、罵詈雑言を浴びせたり、見くだしたりはしない。わたしに意見を求めたときは、真剣に聞いてくれる。それがアメリカにかかわることであると、わたしのアドバイスにしたがう場合が多い。

そのうえ、ハンサムな大富豪のプリンスだ。女性なら誰でも憧れる。あまり認めたくないけれど、気づくと、カリールの瞳や完璧に仕立てられたスーツにうっとりしていることがよくあった。

「きみほど有能な秘書はいないよ」カリールは言った。「ぼくは部下に対する注文が多すぎるとよく注意されるけれど、きみは一度も不平を言ったことがない。感謝しているよ。勤勉な働きぶりにもね」

カリールのほめ言葉を聞き、ドーラはかすかに頬が赤くなるのを感じた。「バンビがいなくなったのがうれしいだけでしょう」冗談めかして答えた。

カリールは真顔で答えた。「彼女があのままいたら、首をしめていたかもしれない。そんなことになれば、国際問題に発展しただろうね」

カリールは座り直して、ドーラのほうを向いた。あちこちに置かれたフロアランプが暖かな光を投げかけている。深夜にふたりきりでいるものの、彼女は彼が自分になにかしてくるとは考えなかった。とてもハンサムで裕福なプリンスは、わたしをひとりの女性と認めておらず、オフィス機器くらいに思っているのだろう。でも、カリールはジェラルドとはぜんぜん違う。欲望を満たしたいがために言い寄ってくる男性ではない。

「ぼくが帰国したらどうするんだい？　ジェラルドのもとには戻らないんだろう？」カリールは尋ねた。

「もちろんです」ドーラは断言すると、咳払いをした。失望が喉にこみあげてきたように感じたからだ。

二日後にカリールはエル・バハールに帰国する。ドーラは一緒に連れていってほしいと思い始めていた。ばかげた夢かもしれない。けれど、彼の父親である国王や兄たち、それに祖母のファティマに会ってみたかった。それに、エル・バハールという国やその宮殿をぜひ見てみたい。カリールによると、エル・バハールは近代化が始まったばかりらしい。ああ、わたしも国の変革に携われたら。もちろん、突拍子もないことだとはわかっている。いくらほめられたって、わたしは秘書にすぎないのだ。わたしのような女がなにかを変えられるはずがないわ。

カリールは前かがみになり、自分のグラスをとった。「アメリカにも知っている会社の重役が何人かいるから、明日連絡をとってみるよ。きみはもっといい仕事につくべきだ、ドーラ。ぼくが力になる」

「ありがとうございます」

カリールの温かい言葉が、別れのつらさを少し和らげてくれた。力になってくれるだけで十分だ。ドーラは自分にそう言い聞かせた。知りあって間もないのに、そこまでしてくれる男性がどれほどいるだろう? でも、カリールを聖人にしたててあげてはいけない。彼は生身の人間なのだから。

そしてドーラ自身も生身の女性であり、ハンサムな上司に夢中になってしまいそうだった。ここは誘惑に負けないうちに席を立つのが得策に思えた。

ドーラは立ちあがった。「おやすみなさい、カリール。明日は何時から始めます？」

「八時ごろから。おやすみ、ドーラ」

ドーラはほほえんで部屋を出た。彼女の名前を呼んだカリールの甘い低音の声は、名残惜しそうに聞こえた。でも、ジェラルドは誠実だというのも、わたしの思いこみだったのだ。

ドーラは廊下を歩いてベッドルームに行った。深夜だというのに眠くない。そこで、結婚式をとりやめるにあたり、あとなにをしなければならないか、リストを見て確認することにした。打ち砕かれた過去の後始末をすれば、心がときめくときはよくよく注意しなければならないと、いやでも思い知らされるはずだ。上司に気持を寄せたりしたら、まっ逆さまに不幸に陥ってしまうだろう。

十分後、ドーラは印刷されたリストを調べていた。結婚式はとりやめになったという通知は、三百人の招待客にすでに郵送した。教会や式場、ケイタリング業者、花屋、バンドもキャンセルした。だが、ウェディングドレスの始末には困っていた。今はクローゼットの奥に押しこめてあるが、この仕事が終わったら、ここから一番近いリサイクルショップに引きとってもらおう。もう二度と見たくない。

ドーラは机を離れてベッドに向かい、その上に横になった。なぜこんな不幸を招いてしまったのか、今ならはっきりとわかる。だが、あのころのわたしは判断力を失っていた。寂しくて、愛情に飢えていた。だから、ちょっとハンサムだけれどひどく自分勝手な男性をすてきな紳士だと勘違いしたのだろう。

あのロマンティックな出来事が起こったのは、ドーラがジェラルドの下で働くようになって一年近くたったころだった。彼女はずっと彼に夢中だった。会社とアパートメントを往復するだけの毎日だったからだろう。ドーラは無趣味で、友達も少なく、人とのつきあいはほとんどなかった。それに彼女は男性にもてるタイプではない。その原因のひとつは、知性の面でたいてい男性をしのいだことだ。近寄りがたい女性と思われてしまうのだろう。平凡な顔だちと、とてもほめられない体型も災いした。無口なところも。気づけば、ドーラは三十歳になっていた。将来への希望もなく、このままひとりぼっちで年老いていくのだと思っていた。

ある日、ドーラはジェラルドと遅くまで残業をしていた。彼が複数の女性とつきあっているのを彼女は知っていた。ジェラルドは一、二カ月ごとにデートの相手をとっ替え引っ替えするのだ。あの夜、ドーラはジェラルドとふたりきりでコピー室にこもっていた。中華料理をとり、彼がどこかからワインを調達してきた。彼女は一杯で酔いが回り、夢見心地だった。すると突然、夢が現実になった。ジェラルドに抱かれ、キスされ、気がつけばドーラは飢えたように彼にこたえていた。夢見ていたことがすべてかなえられた。これは現実なのだ。彼女はそう確信した。ジェラルドを愛している、彼もわたしを愛していることにようやく気づいてくれたのだ、と。

今振り返ってみると、心のどこかで、こんなふうになるはずはないと疑っていた。けれど、三十年間純潔を通したすえ、ついに男性の腕に抱かれたドーラは、理性の発する声に耳を貸そうとはしなかった。

キスをしている最中に邪魔が入った。社長のミスター・グリーンが突然部屋に入ってきたのだ。社員同士の遊び半分の恋愛は厳禁であり、部下と親密な関係になった上司は首にするというのが会社の方針だった。そこでジェラルドはミスター・グリーンに、ドーラと婚約していると言った。

その瞬間から、二週間近く前に飛行機のなかでけんかをするまで、ドーラはぼんやりした夢の世界に生きていた。情熱と愛情は本物だと言うジェラルドの言葉を彼女は信じた。真実であってほしかったからだ。あのキスから二カ月もたたないうちに、ふたりは大がかりな結婚式の準備にとりかかった。生まれて初めて、彼女はひとりぼっちではないと感じた。だが、そのときもなお、心に疑いを抱いていた。ジェラルドは愛していると一度も言わなかった。それに、ふたりが愛を交わすこともなければ、触れることすらなかったのだ。

だから、飛行機のなかでひどいショックは受けたものの、ドーラは驚かなかった。あの瞬間、彼女は真実を悟った。ジェラルドは首になりたくなくて、愛に飢えていたわたしを利用したのだ。彼はわたしを愛していたわけではなかった。好意を持っていたかすら疑わしい。ジェラルドから逃げられて幸運だったのだ。またひとりぼっちになってしまったけれど。

ドーラはベッドの上でからだをのばし、泣くまいと誓った。幸せな独身女性はたくさんいる。夫や子供を持てなくても、充実した人生は送れるはずだ。ひとりで幸せになる方法を探そう。頭を使って一生懸命働くのは苦にならない。人生は一度だけなのだ。せいいっぱい楽しまなくちゃ。

そう決心したドーラは、起きあがってメモ帳に手をのばし、やりたいことを箇条書きにしていった。新しい仕事を見つけたら、いろいろな講習会に行こう。料理、インテリア、イタリア語、ガーデニング――情熱を傾けられる趣味が見つかるまでなんでもやってみよう。それから、独身女性を対象にした旅行を斡旋（あっせん）している旅行代理店を探さなければ。男性と知りあうためではなく、女性の友達を見つけるために。彼女は、行ってみたいところを書き連ねた。読みたい本も。一瞬、目を閉じて心に誓う。ひとりで生きる幸せをきっと見つけてみせる。屈辱的な経験はしたけれど、再びチャンスを与えられたのだ。今度は両手でしっかりとつかみとりたい。なにがあろうと、がんばっていこう。ここで自分を見限ったら、ジェラルドの思うつぼだもの。最後には笑えるよう、どんなことでもするつもりだ。

ドーラがベッドに入ってから十五分後、カリールは手にしたレポートに集中しようとしていた。しかし、道路の再舗装に関する専門用語がたくさんあってなかなか読み進められない。深夜にもかかわらず、下の道路を行き交う車の音がかすかに部屋に流れてくる。アメリカに来てもう三週間がたとうとしている。間もなく帰国だ。

カリールはエル・バハールが恋しかった。にぎやかな街、宮殿のオフィス、家族の顔を早く見たい。たまに旅をするのは楽しいが、帰国間近になると早く帰りたいと思うことが多い。目の前の文章にまた注意を戻したとき、スイートルームのドアを軽くノックする音が聞こえた。レポートを置き、腕時計を見て眉をひそめる。とうに真夜中を過ぎている。訪問者の予定はない。ドーラがルームサービスを頼んだのかもしれない。

ドアを開けてみたが、トレイを持ったウエイターはいなかった。代わりに、天使のような顔をした黒髪の小柄な若い女性がこちらを見つめている。

「こんばんは、カリール」

彼女は甘えた声で言うと、猫のようにしなやかな動作で部屋に入ってきた。スパンコールをあしらった紺色のドレスが、セクシーなからだの線を浮きあがらせている。美しい顔だちはメイクでさらに引きたち、すねたようなふっくらした口もとが特に印象的だった。

妖艶（ようえん）な香水の香りがあたりに漂う。リビングルームの明かりを受けて、耳、首、手首を飾ったダイヤモンドがきらめいた。少なくとも外見はこの世でもっとも美しい女性だ。

カリールは鳥肌がたつのを感じた。あとずさりして、のびてきた女性の手をよける。

そんなカリールを見て、女性はほほえんだ。「またあのゲームをやろうっていうの？」部屋のなかに進み、毛皮のショールを椅子にかける。「わたしはハンターで、あなたは怯（おび）えた獲物？　好きよ、そのゲーム」

女性は柱を背にしたカリールに近づき、動きを封じた。アーモンド形の目がみだらな光を放つ。彼女は彼の胸に手をあてた。

「キスして、カリール。キスして、そして愛して」

カリールは女性をつき放し、窓際に歩いていった。「帰ってくれ」冷静な口調で言う。本当は彼女を窓からほうり投げてやりたかった。そこまで乱暴な方法でなくていいから、彼女を人生からしめだすことはできないものだろうか？

女性はスイートルームのドアを閉め、小さな声で笑った。「それはないでしょう。怒りたいのはわたしのほうよ。ニューヨークに来て二週間近くなるのに、電話もくれないし、ホテルに来るよう誘ってもくれないのね。腹がたつったらないわ」

彼女は口をとがらせた。セクシーな唇の動きを見ても、カリールはなにも感じなかった。

「アンバー、電話をしなかったのは、きみに会いたくなかったからだよ」

アンバーはカリールの前で左手を振った。大きなダイヤモンドがきらめく。「わたしたちは婚約しているのよ」

カリールはアンバーに背を向けて、窓の外を眺めた。彼女の言葉に耳をふさぎたかったが、できなかった。「きみとは結婚したくないんだ。きみをほしいと思ったことは一度もない」うめくように言った。

「でも、あなたはプリンスよ。自分の気持を抑えて、国のために結婚する義務があるわ。わたしと結婚する義務があるのよ、カリール。わたしはあなたの運命の女性なの」

カリールはくるりとアンバーのほうを振り向いた。心のなかに激しい怒りがわきあがる。問題を解決する方法はひとつもないと思うと、いらだたしかった。

アンバーはソファに寄りかかり、カリールにほほえみかけた。かわいらしいが悪意に満ちた笑みを浮かべた口もとから、まっ白な歯がこぼれる。端整な顔だちと見事なからだには、卑劣な心が宿っていた。

カリールはアンバーの本当の姿を知っていた。エル・バハール王国にいるときは従順な娘を演じているが、家族と離れて国外に出ると人が変わる。十三歳で最初の男性をものにして以来、いつも快楽を求めて男性を追いかけているのだ。〝美貌の娼婦〟という陰口を耳にしたことがあるが、カリールは内心なるほどと思わせられた。

ソファから離れると、アンバーはカリールに近づいてささやいた。「あなたはわたしのものよ。わたしたちは結婚して、ベッドをともにするの。わたしはあなたの妻になるのよ」

「ごめんだ」

アンバーは笑った。「婚約を解消するの？　そんなこと、できるはずないでしょう。理由がないもの。なんて釈明するつもり？」

「真実を明かす」

彼女はまた笑った。「ああ、そう。エル・バハール王国の首相である父に、わたしの行状を説明できる？　わたしは父の最愛の娘、生きがいなのよ。ひどいプレイガールだって明かすの？　無理よ」彼女のブラウンの瞳がきらりと光った。「父は悲嘆に暮れるわ。偉大な政治家、指導者、国民の代表が、奔放な娘に辱められるのよ」

カリールは歯噛みした。アンバーの言葉をすべて否定したかったが、できなかった。彼女の言うとおりだ。ぼくがアンバーの正体を暴けば、彼女の父親は破滅するだろう。子供の罪は父親が償うというのが、古代からのエル・バハールの慣習だ。彼女の父親アレセルは首相を辞任するに違いない。そうなれば、エル・バハール王国は偉大な人材を失う。選択肢はひとつしかない――国の将来を考えて、ぼくが口をつぐむことだ。

「金持になれれば、それでいいんだろう？」カリールは言った。

アンバーは手を振って退けた。「カリール、わたし、お金ならあるわ。ないのは称号よ。

プリンセスになりたいの」

「王妃のほうがいいんじゃないか?」

「それも考えたわ。でも、やめたほうがいいみたい。あなたのお兄さまとは、もう試したの」

　カリールは凍りついた。怒りからではなく——アンバーが誰とベッドをともにしようが、知ったことではない——あまりにショックだったせいだ。よりによって兄のマリクとだなんて……。

「マリクが奥さまを亡くしたあとのことよ」アンバーは言った。ほっそりしたウエストにあてた手を、ヒップへ滑らせる。「彼はとても悲しんでいて、お酒を飲んでいたわ。わたしも当時ひとり身だったから、ある晩、マリクと慰めあうことにしたの。彼はとてもすてきだった」カリールの下半身に視線を向ける。「あなたは彼の弟だから、きっとすばらしいはずね。試してみない?」

　カリールの胸に嫌悪感が渦巻いた。

　アンバーはカリールに近づいた。「我慢する必要はないわ。わたしたちは間もなく結婚するのよ。ゆくゆくはわたし、息子を産むわ、カリール。あなたの息子を。そうなれば、わたしをないがしろにはできないはずよ」

　カリールのからだのなかを冷たいものが通りぬけ、魂まで凍りそうに感じた。心を決めて、背筋をのばす。魔女の化身なんかと結婚するものか。なんとかアレセルを辱めることなく結婚を回避する方法を見つけなければ。

「帰ってくれ。今夜、娼婦は必要ない」

アンバーの表情がかすかに険しくなった。「気をつけるのね。わたしを敵に回したら怖いわよ」

「ぼくのほうこそ怖いよ、アンバー。ぼくが言いなりになると思ったら大間違いだ」カリールはアンバーに一歩近づいた。

「そう。わかったわ。エル・バハールが破滅してもいいのね」アンバーはドアのほうに向かい、椅子からショールをとって言った。「カリール、あなたの敵はあなた自身よ。あなたは責任感の強いプリンスだわ。国民を、国を愛している。命と引き替えにしてもいいくらいに。でもわたしには、怖いものなんてなにもない」彼女はからかうように腰をかがめてお辞儀をすると、去っていった。

静けさのなかで、カリールはいつまでも大声で悪態をついていた。怒りがわきあがってくる。窓際に行き、手を拳に握りしめた。どこかに逃げだしたい気分だ。

アンバーとは結婚しない。国王の息子としての名誉にかけて、このジレンマからぬけだす方法を探してみせる。でも、どうやって？　アンバーの罠から逃れる方法はないものだろうか？

カリールは部屋のなかを行きつ戻りつした。いらだたしさが募る。アンバーの行状を父に内密に伝えようか？　証拠もないのに信じてもらえるだろうか？　だめだ。証拠があったらあったで、父は親友のアレセルに伝える義務がある。どう考えても、すべての道が破滅につながる。

そうやって一時間近くたったころ、電話が鳴った。カリールは机の上の電話をとった。するとドーラの声が聞こえた。

「もしもし？」

カリールが受話器を置こうとしたとき、男性の声が聞こえた。

「ドーラ、ジェラルドだ。いったいどこにいるんだ？」

4

カリールは電話越しに、ドーラの驚きの声を耳にした。一瞬聞いてはいけないと思ったが、受話器を置かなかった。ドーラをひどい目にあわせたジェラルドという男に興味があったからだ。

「どうしてここがわかったの？」ドーラが尋ねた。

「ケイタリング業者をキャンセルしたとき、電話番号を教えただろう。いったいどういうつもりなのか、説明してもらいたいね。結婚式をキャンセルしてしまうなんて。ぼくにひと言の相談もなく、よくそんなことができたものだ」

「なぜ結婚式をキャンセルしたか、ですって？　既婚女性といかがわしいことをしたのはあなたよ。とがめられるのはわたしじゃないでしょう？　まったく無神経な人ね。ジェラルド、だいたい今何時だと思ってるの？」

「十時ちょっと過ぎだろう。それがどうした？」

「午前一時よ。わたしはニューヨークにいるの。いつも人任せだから、市外局番も知らないのね。どうでもいいことだけど」ドーラはため息をついた。

「そうさ。どうでもいい」ジェラルドは怒鳴った。「ニューヨークだろうとジンバブエだろうと関係ない。今週末までに帰ってくるんだ。わかったか？」

カリールは受話器をぎゅっと握りしめた。ドーラの悲痛な叫び声が聞こえたような気がした。

「いやよ」ドーラは声をかすかに震わせて言った。「婚約は破棄するわ。わたし、なんてばかだったのかしら。あなたは最低の男よ。別れてせいせいしたわ」

「ドーラ、別れたいのはぼくのほうさ。だけど、できないんだ。ミスター・グリーンがきみの居場所を知りたがっている。ぼくらがいくら今すぐ別れたいと思っても、それは無理なんだよ」

ドーラははなをすすった。「そもそもその考えが間違ってるのよ。あなたとの関係はもうおしまいよ」

「じゃあ、ぼくはミスター・グリーンになんて説明すればいいんだい？」

「本当のことを言えばいいでしょう？　社則違反の現場を見られてしまったから、わたしと結婚すると言ったにすぎないと。わたしに迫ったようにグレンダにも迫ったことがあるって言えばいいじゃない」

「ぼくの首がかかっているんだぞ」

「そんなの、わたしの知ったことじゃないわ。もうあなたとはかかわりたくないの」

「それはこっちのせりふだよ」ジェラルドは言い返した。「きみとベッドに入ることを考えただけでぞっとしていたんだ。なぜ一度も誘わなかったかわかるかい？ あの夜ミスター・グリーンに見つかって、実はほっとしていたんだ。あれ以上なにもしなくてすんだんだからね。きみはもう三十のハイミスだ。一生バージンでいる運命なのさ。正気の男なら、きみをほしいとは思わないよ。ぼくだって――」

そこで声はとぎれた。ドーラが電話を切ったのだろう。カリールは受話器を置き、静かなリビングルームに立っていた。ドーラのすすり泣きがかすかに聞こえてくる。彼には彼女のつらさが、手にとるようにわかった。

カリールは落ち着かなげに体重を反対側の足に移した。彼は今の今まで、この臨時の秘書をひとりの人間と見なしていなかった。彼女は有能だし、知的で、ユーモアもある。一緒に仕事をするのは楽しかった。でも、ドーラも心を持った人間であるという意識はまったくなかった。

「ドーラもぼくも、今夜は地獄だったな」カリールはつぶやいた。ぼくはアンバーに脅迫され、ドーラはジェラルドに傷つけられた。カリールは口もとに冷ややかな笑みを浮かべた。ジェラルドとアンバーなら、お似合いのカップルだ。

カリールは部屋の奥のバーコーナーに行った。なにか飲みたかった。グラスにコニャックを注ごうとして、ふと手をとめた。あるアイディアがひらめいたのだ。途方もなくばかげていて、検討するまでもないはずのその考えが、頭から離れなかった。ボトルをバーコーナーに戻し、廊下に向かった。

薄暗い廊下を歩いていくと、ドーラの泣き声が聞こえてきた。ジェラルドは彼女を拒絶したばかりか、女性としての最後のプライドまで粉々に打ち砕いたのだ。ジェラルドは、ドーラがひそかに思い悩んでいるはずの美人でないことや、もてないことなどに触れて、三十歳のバージンを傷つけたのだから。

カリールはドーラの部屋の前で立ちどまり、考えをめぐらせた。ぼくはアンバーとの婚約を解消しなければならない。それもエル・バハール政府における彼女の父親の地位を脅かすことなく。そして、バージンと結婚したい。花嫁はプリンセスになる。ただの飾りものではだめだ。知的で、エル・バハール王国の発展に貢献できる人でなければ。思慮深く、従順で、冷静で、しかも一緒にいて楽しい女性がいい。

カリールはドーラを思い浮かべた。穏やかなブラウンの瞳、くったくのない笑顔。からだつきはよく覚えていない。あまり注意を払っていなかったせいだろう。ヒップは大きかったように思う。子供を産むのにふさわしいからだつきだ。

ドーラは従順ではないし、自分の意思を曲げてまでぼくにしたがったりはしない。しかし、そのほかの妻としての条件はほぼ満たしている。そのうえバージンだ。

カリールは廊下にたたずみ、この行為が招く結果に思いをめぐらした。父は激怒し、しばらくはぼくの衝動的な行動を許さないだろう。彼は深々と息を吸った。いずれそのわけを説明できるときが来るだろうが、当面は父の怒りに耐えなければならない。

カリールがドアを開けると、ドーラは子供のようにベッドの上にうずくまっていた。胸に膝を引き寄せ、両手で顔を覆っている。泣き声はあげていなかったが、肩が震えていた。魂まで深く傷ついているのが伝わってくる。

カリールは意を決して、ドーラのベッドへ行き、腰をおろした。彼女は飛びあがってからだを起こし、悲鳴をあげて肩まで上がけを引っぱった。

「カリール、どうしたの？　なにしに来たの？」

ドーラの顔は涙に濡(ぬ)れていた。目と口がはれている。今の彼女はあまり魅力的とは言えないにもかかわらず、カリールはなぜか心を引かれた。手をのばしてドーラの頬を包み、親指で涙をぬぐってやる。濡れた肌は柔らかくて、不思議と魅力を感じた。

「我慢できなかったんだ。きみのつらそうな声が聞こえてきて……。ああ、ドーラ」

カリールはドーラのからだに腕を回して引き寄せた。彼女の驚いた様子がはっきりと見てとれる。

ドーラはからだをこわばらせていた。このとき初めて、カリールは彼女のからだから発せられる女性らしい香りに気づいた。高価な香水ではなく、ドーラ自身の香り。それは暖かな陽光と笑い声を連想させた。今は真夜中で、彼女は泣いているというのに。

「なぜ……あなたは……」ドーラははなをすすった。「カリール？」

「わかってるよ」

カリールはまたドーラの顔を包みこんだ。今度はキスするつもりだった。廊下からもれてくる明かりで、彼女のコットンのネグリジェの下の胸の輪郭が見てとれた。ドーラはどれほど純潔なのだろう？　眺めたり、さわったり、味わったりした男性はいなかったのだろうか？

カリールはドーラの清らかさや、女性らしいからだの感触に心をそそられた。欲望が燃えあがっているのを感じる。彼女と愛を交わすのは、意外に簡単そうだ。そしてそれを実行に移せば、互いの問題が解決できる。

ドーラは頭をすっきりさせようとした。考えがきちんとまとまらない。きっと夢――悪夢かもしれない――でも見ているのだろう。疲労とジェラルドからの電話が原因に違いない。そうでなければ、説明がつかない。カリールがわたしのベッドルームにいるなんて。彼に抱かれているはずがない。

でも、夢にしてはあまりに生々しい。カリールのたくましい胸や力強い腕、熱い体温が感じられる。わたしがいつの間にか流していた涙を、彼は長い、男らしい指でぬぐってくれている。

「カリール?」

「なにも言わないで、いとしい人」

だが、ドーラは黙っていられなかった。ききたいことがありすぎる。「なにをしに来たの? 酔ってるの?」

一瞬カリールの表情がこわばり、熱く激しいものが浮かんだ。ドーラは奇妙な予感を覚えた。引き寄せられてキスされるのではないかしら? 彼女は恐怖を抱くどころか、これが夢であろうとなかろうと、彼に寄りかかってキスを求めたいと思っている自分に気づいた。

「酔ってなんかいない」カリールはそう答えると、立ちあがってドアに向かった。

ドーラは引きとめたくて口を開きかけた。だが、彼は出ていかなかった。ドアを閉めて、照明のスイッチを入れる。ナイトテーブルの明かりがつき、部屋がぱっと明るくなった。

ドーラは自分の姿を想像してぎょっとし、一瞬目を閉じた。泣いていたせいで顔は赤く、髪はくしゃくしゃだろう。カリールはどう思うかしら?

そのとき、頭のなかで声が聞こえた。カリールは、真夜中にわたしのベッドルームになにをしに来たのかしら?

「カリール?」

カリールはきびすを返して出ていくかもしれない。でなければ、話を始めるとか？　作物の生産調整について掘りさげた話を……。しかし、彼はドーラの予想外の行動をとった。ベッドに戻ってきて座りこむと、彼女の手をとってキスしたのだ。

ドーラは目をしばたたかせた。泣きじゃくったせいで、頭の血のめぐりが悪くなったのだろうか？　頭がどうかしてしまったのかもしれない。エル・バハール王国のプリンス・カリール・カーンがわたしのベッドに腰かけて、わたしの手にゆっくりと情熱的にキスするなんて、現実であるはずがない。

しかし、自分の目は信じられなくても、自分の感覚は疑いようがなかった。腕に鳥肌がたち、からだのなかが熱くなる。喉もとまで声が出かかったが、言葉にならなかった。胸いっぱいに息を吸いこんだが、吐くことができない。脚の震えがとまらず、頭のなかでさまざまな感覚が飛び交い、どうしていいかわからない。腿のあいだになじみのない感覚が押し寄せてくる。ああ、わたしはどうなってしまったの？

「あいつを破滅させてやるよ」カリールはドーラの手に唇を押しあてたままつぶやいた。

「撃ってやる」

「なんですって？」ドーラは息をのんだ。「撃つって……誰を？」

「ジェラルドだ」カリールは吐き捨てるように言った。

ドーラは跳ね起きた。「ジェラルド？」

カリールは顔をあげてドーラを見た。いつもきれいに撫でつけられている彼の髪は額にかかっていた。瞳は怒りと欲望に燃えている。彼女は目をぱちくりさせた。欲望？　わたしに対して？　そんなこと、あり得ないわ。

「電話を聞いてしまったんだ。ジェラルドは男のくずだ。よくもきみにあんな仕打ちができたものだ。ドーラ、きみはすばらしい。愛らしくて、知的で、まさに理想の女性だよ。あいつをこの世から消してもらおう。きみが反対するなら、鞭打ちの刑にとどめておくが」

カリールとわたしは別世界に入ってしまったに違いない。でなければ、この状況は説明がつかない。男性がわたしを〝すばらしい〟なんて言うわけがないもの。言うとしても、カリールのような男性ではないはずだ。

「ど、どういうことなのかわからないわ」ドーラは声を震わせて言った。

「ジェラルドはきみにふさわしくない。あいつから自由になれてよかったんだ」カリールはドーラの手をぎゅっと握りしめた。「きみがほしい。空港で出会ったときからほしいと思っていたんだ。この二週間雇い主としてきみと一緒に働くのは、地獄の火に焼かれるようにつらかった。本当は恋人になりたかったんだ」

カリールの謎めいた熱いまなざしを浴び、ドーラは身動きできなかった。目をそらしたくてもできない。信じたくても、それもできなかった。カリールはジェラルドとの電話を立ち聞きして、同情しただけかもしれない。気づかいはありがたいけれど、同情は無用だ。「あなたがどういうつもりでこんなことをするのか、わからないわ」ドーラは切りだした。「お気づかいはうれしいけれど、大丈夫よ」涙を見られたことを思いだして、肩をすくめる。「大丈夫というのは強がりだったわ。でも、いずれ大丈夫になるわ。だから、わたしを求めているふりなんて――」

「やめるんだ！」

鋭い言葉にさえぎられ、ドーラは驚いてカリールを見た。

「ぼくの気持や望みがきみにわかるわけないじゃないか」カリールは声を荒らげた。「同情だなんて思ってほしくない。ぼくはきみを求めているふりなんかしていない」さっと立ちあがり、シャツのボタンに手をのばす。「きみはジェラルドを信じた。あいつの嘘を信じて疑わなかった。なぜだ？　なぜあいつの仕打ちに我慢するんだ？　あいつはきみのことをなにも知らないのに」ボタンをすべてはずして、シャツを床に脱ぎ捨てる。「あいつはチャンスを無駄にした。今度はぼくがチャンスをもらう番だ。ぼくはあいつの轍は踏まない」

ドーラはからだを起こして座り、ヘッドボードにもたれかかった。カリールが服を脱ぎ始める。彼女は逃げだすべきだと思う一方で、裸の男性を見るのはこれが最後かもしれないとも思った。それに、彼はとても美しい。目をそらすだけの意志の強さはドーラにはなかった。

ランプの明かりがカリールの広い胸を照らしている。彼がベルトをはずし、ズボンのファスナーをさげるのを、ドーラは息をつめて見守った。

しかし、カリールはズボンをさげずに靴とソックスを脱いだ。そして腰に手を置くと、じっとドーラを見おろした。「きみがほしい。きみだけが。ベッドのなかできみを腕に抱きたい。きみのすべてに触れたい。手と舌で愛撫したい。心からきみがほしいんだ。同情からじゃない。お礼をしたいからでも、癒してあげたいからでもない。ぼくがここに来たのは、からだがうずいたからだ」目を険しく細める。「男は欲望を感じているふりはできないんだ。わかったかい？」

ドーラはゆっくりとうなずいた。とてもよくわかった。きみをほしいとは思わないとジェラルドに言われたときは、心底傷ついた。絶世の美女だとは言わないけれど、男性にとって自分がそこまで魅力がないとは思っていなかった。

カリールがウエストバンドに親指をさし入れて、ズボンをさげた。そのとき初めて、ドーラは彼のからだが熱く燃えあがっているのに気づいた。さっきのカリールの言葉をしっかり裏づけている。

「きみがほしいんだ」カリールは穏やかな声で言った。

「ええ、見ればわかるわ」ドーラは口に手をあてた。「ごめんなさい。大きな声で言ってしまって」

しかし、カリールは怒りもせず、ドーラににっこりほほえみかけた。「そそられただろう」

「ええ、その……」ドーラはカリールの熱く燃えあがった部分を手で示した。「とてもすてきだわ」

カリールはドーラに一歩近づいた。「これでもぼくが信じられないかい？」

ドーラは信じたかったが、やはり信じきれなかった。ジェラルドの言葉が忘れられない。いったいなぜカリールはわたしに興味を持つのだろう？

カリールは押し殺した声で命令した。「考えちゃいけない」さらに近づき、ベッドに膝をつく。「ぼくの言うことだけを聞くんだ。ぼくのものになるんだ……ぼくだけのものに。わかったかい？」

ドーラはカリールの目を見つめた。からだに震えが走る。期待のせい？ そうかもしれない。恐れのせい？ 確かにそれを感じてはいる。しかし、未知のものに対する恐れだ。彼に対してではない。

「ぼくのものになるんだ」カリールはさらに近づいてささやいた。「ドーラ、ぼくのものになるんだ。きみを愛させてくれ」

気のきいた言葉を返したかったが、ドーラはなにも言えなかった。黙っていると、からだに腕を回され、ベッドに横たえられた。抗議の声を出そうとしたとき、唇が重ねられた。

もちろん、ドーラもキスをしたことはあった。高校生のとき二度、大学一年生のとき社交クラブのパーティで一度、そしてもちろんジェラルドとも。ジェラルドのキスは心がこもっていなかったけれど。

カリールのキスはとてもすてきだった。ドーラは、無理やり奪われるようにキスされるのではないかと思ったが、まったく違った。彼の唇はやさしく、唇の上をゆっくりとなぞり続ける。

そのとき、逃がさないよと言わんばかりにカリールがドーラの顔を手で包みこんだ。彼女は身動きできなかった。押さえつけられているからではなく、彼の感触がすばらしいから。

「ドーラ」カリールはドーラの口もとにささやいた。「きみがほしい。きみは清らかな砂漠の薔薇(ばら)だ。柔らかくて、温かくて、ぼくにぴったりだ」

カリールの言葉に、ドーラは酔いしれた。言葉に酔わせられる人々がいると本で読んだけれど、この瞬間まで、そんなことが本当にあるとは思っていなかった。欲望がこみあげてくる。彼女は満たされたくてたまらなかった。けれども、どうやって喜びの頂点を求めたらいいのだろう？

「ぼくにさわるんだ」カリールは命じて、ドーラの下唇に舌を滑らせた。

ドーラは激しい衝撃を受けた。カリールの言葉のせいなのか、彼の唇の濡れた感触のせいなのかはわからない。彼女は無意識のうちに唇を開き、それと同時に腕をあげて彼の肩に手を置いた。舌が滑りこんでくるあいだ、てのひらに熱くたくましい筋肉を感じ、男性的な香りに酔いしれる。口のなかを動く彼の舌は熱く、悩ましかった。ドーラは喜びにあえぎ、いつまでも続けてほしいと心から願った。

カリールが舌を絡ませてきた。そのとたん、ドーラの全身を血がかけめぐった。彼がわずかに顔の角度を変えてキスを深めてくる。彼女はからだがかっと熱くなるのを感じた。息ができない。それでもかまわなかった。この瞬間に死んでしまうかもしれない。それでもよかった。この男性に抱かれてキスされるなんて、つまらない人生からは想像できなかったのだから。

カリールはドーラの口のなかを探り続けた。彼女はあえぎ、ため息をもらした。彼の肩にしがみつき、ぎゅっと引き寄せる。

そのとき、下腹部がかっと熱くなった。準備ができたしるしだ。心の片隅でからだの反応を恥ずかしく思ったが、それ以上に感覚が目覚めていくことがとてもうれしかった。こんな喜びがあるのだと初めて知った。

カリールはいったん唇を離すと、今度はドーラの首にキスをした。耳の下の敏感な肌から鎖骨へと唇を這(は)わせていく。

ドーラは無意識のうちにネグリジェの裾に手をやった。腿の上までまくれている。裾をおろそうとしたとき、カリールが脚を愛撫し始めた。彼女は身を震わせ、下唇を噛んだ。彼の名前を叫びたいのを必死にこらえる。

カリールはドーラの脚から指を離し、今度はかたくなった胸の頂を愛撫した。そして彼女の目をじっと見つめる。ドーラはそのまなざしに酔いしれた。逃げだすことなど、もう考えられなかった。

「ぼくの名前を呼んでくれ」カリールはそう言い、また胸の先端に触れた。

激しい興奮、快感、欲望が燃えあがり、ドーラはあえぐように言った。「カリール！」

カリールはほほえんだ。「なんて情熱的なんだ、ぼくの有能なドーラ。ぼくは最高に幸運だよ」そうささやき、ドーラのネグリジェを脱がせにかかった。

ドーラは抵抗したかった。せめてからだを隠したかった。だが、言うべき言葉を見つける前にあおむけにさせられ、右の乳房に唇を押しあてられた。カリールの手が左の乳房を包みこむ。そのとたん、彼女の頭から恥ずかしさが消えた。

ドーラは目を閉じて、カリールの愛撫にわれを忘れた。ぼんやりした頭で考える。これが愛しあうということなの？　本で読んだ〝奇跡〟なの？　ようやく実感できた。恋人たちが山をも動かすというのも、死をも恐れないというのも。この魔法を長引かせるためなら、わたしだってなんでもするだろう。

カリールはドーラを愛撫し続けた。左の乳房を口で、右の乳房を手で。彼女は彼を見ようとしたが、目を開けていられなかった。カリールの頭に手をやり、シルクのような黒髪に触れる。なにもかもが言葉につくせないくらいすばらしかった。

ドーラは腿の横になにかが触れるのを感じた。カリールが欲望のしるしを押しつけている。彼はわたしを求めているのだ。理由はまったくわからないけれど、ハンサムで、お金持で、思いやりのあるこの男性は、わたしと愛を交わしたいらしい。愛情の有無は定かではないけれど、欲望の証(あかし)を拒否することはできなかった。腿に触れているものは、誰もくれなかった貴重な贈り物なのだから。

ドーラの目に涙が浮かんだ。喜びと感謝の涙だった。

カリールは脚のほうに移動し、ドーラのパンティをおろした。丸まったシルクが床に落ちる。彼は彼女の腿のあいだに膝をつき、目を合わせた。

「きみはぼくを喜ばせてくれた。今度はぼくがきみを喜ばせる番だよ」

ドーラの期待に反して、カリールは彼女のなかに入ってこなかった。彼は身をかがめて、もっとも敏感なところにキスしてきた。ドーラは衝撃で息がとまりそうになった。悲鳴をあげようとしたが、声にならなかった。

ドーラはからだを起こした。全身がこわばる。死んでしまいそうだったが、やめてほしくなかった。カリールはゆっくりとやさしく舌を動かし続けている。やがてドーラは枕(まくら)

に倒れこんだ。

彼女はいつの間にか膝をたてて脚を開いていた。カリールの舌の動きに合わせて、どんどん高くのぼりつめていく。実際はベッドにいるのに、空を飛んでいるようだ。ああ、もっと高くのぼりたい。もっと……。

あえぎながらカリールの名を呼んだとたんに息がとまった。やめないで、やめて……いいえ、待って。からだが震え、顔と胸がかっと熱くなった。

どのくらい時間がたったのだろう。ドーラは時などなんの意味もない世界に迷いこんでいた。カリールの舌の動きと熱い息しか感じられない。またカリールの名前を叫んだとき、彼がほほえんだのがわかった。全身が未知のゴールに向かってつき進む。カリールが指をなかにそっと滑りこませてきた。舌の動きに合わせて、指を動かし続ける。

やがてドーラは爆発して砕け散った。天国にいざなわれ、たくましくやさしい腕に包まれる。全身に震えが走ってばらばらになり、別の自分に生まれ変わっていた。あえぎながら、ひたすら戻る道を探していると、穏やかな声で名前を呼ばれた。気づくと、カリールの腕のなかだった。

「砂漠の薔薇は山猫だった」カリールはささやき、キスをした。「驚かされたよ、かわいいドーラ」

ドーラの胸は激しく高鳴った。「こんなにすてきなものなの?」

カリールは笑った。「ぼくたちはとても幸運なんだよ」笑みが消える。「ふたりの相性はぴったりだ」

カリールはまたドーラの腿のあいだに膝をついた。今度はキスをするためではなく、彼女を自分のものにするためだ。それが終われば、ドーラはバージンではなくなる。

ドーラは待ち遠しかった。早くからだのなかにカリールを感じたかった。何人の女性が、このすばらしい男性とひとつになったのだろう。

「きみの気持を言ってほしい」カリールは言った。

「ええ、カリール」ドーラは黒っぽい瞳に見とれながらささやいた。「お願い。あなたとひとつになりたい。わたしを変えて」

なにかが脚のあいだを探り、迫ってきた。ドーラは脚を開き、力をぬくのよと自分に言い聞かせた。緊張すればことはむずかしくなる。

カリールは入ってきたところで、動きをとめた。そして一瞬表情をこわばらせたかと思うと、一気に入ってきた。鋭い痛みがつきぬけ、ドーラはあえいだ。だが、彼はやめなかった。彼女の目を見つめながら、さらに深く入っていく。カリールの腕に抱かれ、天国にいざなわれるあいだ、ドーラはかすかな砂漠の風のささやきを聞いていた。

「きみはぼくのものだ」

5

カリールは暗闇のなかにいた。疲れているが、眠れない。まだ神経が高ぶっていた。顔を左に向けて、隣にちぢこまっている女性を見つめる。からだはよく見えなかったが、その香りに感覚を揺さぶられ、また引き寄せて愛を交わしたい衝動にかられた。

しかし、カリールは起きあがって足を床におろした。バージンの女性と愛を交わしたのは、生まれて初めてだ。ジェラルドのひどい言葉を耳にしたときは、ドーラが本当にそうなのか半信半疑だった。彼女のためらいがちな反応はそれを暗示していたが、実際に行為に及ぶまで確信はできなかった。

バージンの女性を性的に目覚めさせるのは、とてもすばらしかった。ドーラとひとつになったのは自分が初めてだと思うと、うれしさがこみあげてくる。彼女はまぎれもなくぼくのものになったのだ。

カリールは自嘲的な笑みを浮かべた。ぼくは現代的感覚の持ち主であることを自負してきた。進んだ考えを持ち、祖国を新しい時代に導く、と。ところが、ようやくバージンの女性とベッドをともにすることができたと喜んでいる。ぼくの現代的感覚なんて薄っぺらなものだ。

　まずは結婚問題を解決しなければ。カリールは眠っているドーラをちらりと見た。実行に移していいだろうか？　いや、やはり間違っているのか？

　カリールは即座に疑問を打ち消した。ぼくはカリール・カーン。エル・バハール王国のプリンスだ。なんでもできる立場にある。今の状況では、なによりも優先させるべきなのが祖国の運命だ。アンバーと結婚して、自分自身と国を辱めたくない。しかし、結婚して息子をもうけ、跡継ぎをつくるのが王族の義務だ。

　それはそうと、ドーラ・ネルソンはどんな女性なのだろう？　秘書？　前の上司にひどい仕打ちをされた女性？　ぼくと一緒にいれば、もっともっと能力を発揮できるに違いない。彼女もプロポーズを栄誉だと思うだろう。誰にとっても一番いい方法だ。

　決心がつくと、カリールはベッドにからだをのばした。夜が明けたら、電話をかけよう。ドーラが目覚めるまでに、すべての用意を整えておかなければ。彼は眠ろうと目を閉じたものの、リラックスするどころか、ドーラと愛を交わした喜びがよみがえってきた。

　ドーラは未熟だったけれど、情熱的だった。もっともデリケートな部分を舌で愛撫したときの喜びようには驚かされた。山猫のように身をくねらせていたっけ。それを思いだし、カリールのからだは熱くなった。ぼくがドーラのなかに入っていったとき、彼女は苦痛でからだをこわばらせたが、やがて力をぬいて身をゆだねてくれた。腕をしっかりと巻きつけ、ぼくを絶頂にかりたてた。ドーラはぼくを求めていた。ぼくに自分を変えてもらいたがっていた。ぼくがクライマックスに達したとき、彼女はしがみついてきた。放したくないというように。

カリールは自分の部屋に戻るつもりだったが、そうはしなかった。ドーラの横で、小さな寝息を聞きながら夜明けを待った。

ドーラは上がけの下でかすかに身じろぎした。今朝は特別上がけが重く感じられる。振り返ってみると、なにかにぶつかった。温かいものだ。

彼女はぱっと目を開いた。カリールが横にいた。ダークブラウンの目を輝かせ、口もとに笑みを浮かべている。

「おはよう」カリールは言った。

昨夜のことを思いだし、ドーラはごくりとつばをのみこんだ。ジェラルドに残酷な言葉を浴びせられたあと、カリールにきみがほしいと言われ、彼と愛を交わした。そう考えたとたん、悩ましいイメージが頭に浮かんでくる。カリールに愛撫され、キスされ、そしてふたりはひとつになった。恥ずかしさでドーラの顔は熱くなった。上がけの下にもぐりこんでしまいたい。

「ゆうべのことは覚えているんだね」カリールの低い声は愛撫のようにやさしかった。

「そう願っていたよ」ドーラの裸の肩に手をつき、腕をさする。「とてもすばらしかった」片脚を彼女の腿のあいだに滑りこませる。「おかげで眠れなかったよ。また愛しあいたいとずっと考えていたから」

　ドーラは目をしばたたかせてカリールを見ていた。なんと答えていいかわからない。ああいうことのあった翌朝はなにを言うのが礼儀なのだろう？

「ありがとう」カリールはそう言い、ドーラの頬にキスをした。

　笑うべきか、叫ぶべきか、ドーラにはわからなかった。わたしはハンサムなプリンスと裸でベッドにいる。彼は脚を腿のあいだにさし入れてきて、ゆうべのことを感謝している。世界が引っくり返ってしまったの？　遠回しになにか言われて失望させられるのかしら？それが結末？　なにか期待するなんて愚かだと、それとなく言われるのかもしれない。

「すてきだったわ」カリールが答えを待っているとわかったので、ドーラは言った。少しからだを離したいけれど、無礼かしら？　どうしたらいいの？　裸だから起きあがるわけにもいかない。バスローブはバスルームにある。彼の前で裸で歩き回るなんてできない。カリールのからだは見事に均整がとれているけれど、わたしのからだは明るい日の光のなかで見られたものではない。

「すてきだっただけ？」カリールはとがめるように言った。「すばらしかったとか、特別だったとか、魔法のようだったとか言ってくれないのかい？」

からかっている口調だ、とドーラは思った。カリールの陽気な様子を見て、少し勇気が出てきた。彼がわたしと特別な関係になりたいと思っているなんて幻想は抱いていないけれど、ひどい結末にはならないような気がする。

「〝すてき〟だけにとどめておくわ」ドーラはさらりと言い、カリールの反撃に備えて心がまえをした。

思ったとおり、すぐにカリールは反撃してきた。彼はドーラのおなかや脇をくすぐってきた。彼女は悲鳴をあげ、身をくねらせて逃げようとした。だが、カリールのほうが力では勝った。片手でドーラの両腕を押さえつけた。もう片方の手で裸のからだをくすぐられると彼女が思ったとき、乳首に唇があてがわれるのを感じた。からだに震えが走る。

カリールはドーラを放して起きあがった。「ぼくたちはぴったりだ」ゆうべと同じ言葉をくり返す。「きみを選んで正解だったよ」

ドーラは意味がわからなかった。「なんの話？」

カリールは眉をひそめた。「きくまでもないだろう？　ぼくたちは今日の午後に結婚する。式は五時からだ。ドレスはブティックのオーナーに頼んでおいた。二時に店員が選り（え）ぬきのドレスを何着か持ってくる」

カリールは話しながら立ちあがり、いつの間にかそばの椅子にかかっていたバスローブ

に手をのばした。彼の言葉はちゃんと耳に入ったし、頭には情報が刻みこまれたが、ドー

ラには事態が把握できなかった。木星には酸素がないとか、海底に棲息する単細胞生物の

話のほうが、まだ理解できる。

「結婚？」聞き違いだろうと思い、ドーラは尋ねた。

「そうだよ。そう言った」

ドーラは唇を結び、カリールを見つめた。結婚。結婚ですって？　カリールとわたし

が？「わたしと結婚したいの？」

「もちろんだよ。どうして驚いているんだい？」

これは冗談に違いない。ドーラは断固としてそう思っていた。ちょっとした冗談のつも

りが、こんなことになってしまっただけだろう。わたしと結婚ですって？　プリンスが秘

書に恋するなんてあり得ない。「四〇年代の映画じゃあるまいし」彼女は怒ったように言

った。からだを起こして、上がけをかけたまま胸に膝を引き寄せる。「笑えないわ」

「ぼくだって笑えないよ」カリールは冷ややかに言った。

ドーラは目頭が熱くなるのを感じた。心のどこかですべてを信じたいと思っていたので、

今にも泣きだしてしまいそうだった。カリールに愛されたいと夢見たことはない。ばかば

かしくて話にもならない願いだからだ。でも、彼は平気で人を傷つけるような男性ではな

い。少なくとも、そんな人には見えなかった。なのに、なぜこんな仕打ちをするの？

「わからないわ。なぜこんなことをするの？」ドーラはささやいた。

「決まってるだろう」カリールは言いはった。「出会ったときからきみがほしかったんだ。知的だし、信頼できるし、貞淑だし、健康だ。まさに妻にふさわしい資質の持ち主だ。それにゆうべまでバージンだったしね」

カリールはそれを気にしていたのだ。「本気じゃないでしょう？　本当はわたしと結婚なんてしたくないんでしょう？」

「どうして？」

理由は四万七千くらいある。あいにく今はひとつも思い浮かばないけれど。ドーラは肩をすくめた。「だって……」

「きみの言いたいことはわかった」カリールはベッドに戻ってドーラの横に腰をおろすと、手で彼女の手を包みこんだ。「なにが怖いんだい？」

ドーラはカリールの目をのぞきこみ、本当のことを言おうかどうしようか迷った。しかし、ほかにいい方法が考えつかなかったので、選択の余地はなかった。「あなたにとってはすべてゲームなのよね。だとしてもわたしにはそのルールがわからないし、傷つくのはわたしだわ。わたしはそうなりたくないのよ」これ以上傷ついたら、生きていけそうもない。心の平穏をとり戻すまで、ひとりきりでいたほうがましだ。

カリールは手をのばし、ドーラの髪を耳にかけて顔を撫でた。「わかるよ」実際は理解できそうもなかった。「ぼくを信じるのが怖いんだね。大胆な砂漠の山猫はどこに行ってしまったんだい？」

「今朝は別の約束があって、ここには来られないの」

　カリールはぱっと笑みを浮かべた。シャワーも浴びておらず、ひげもそっていないため、不精ひげで顎が黒ずんで見えた。野性的で危険な雰囲気を漂わせている。また愛を交わすことを想像して、ドーラは震えを覚えた。

「大好きだよ」カリールはドーラの手を握りしめた。「確かに、性急にことを進めてしまった。でも、だからといって、間違いだとは言えない。ぼくを信じて。そしてなによりも自分を信じるんだ、ドーラ」彼女にすり寄る。「きみがほしいんだ。結婚してくれ。一緒にエル・バハールに行こう。祖国を変える助けをしてほしい。ぼくは帰国しなきゃならないが、きみと一緒でないと帰れそうもない」

　カリールの言葉は砂漠の雨のように感じられた。ドーラはそのひと言ひと言を吸収し、心の奥の花にかけてやった。彼を信じたくてたまらない。こんなことがあり得るの？　わたしほど幸運な人がいるかしら？

　真実はそのハンサムな顔に書いてあるというように、ドーラはカリールを見つめた。初めはその独裁的な面に戸惑ったものの、冷酷さは感じられない。それに、彼は嘘をつく人ではない。仕事相手に対しても、譲歩はしないが、常に正直だ。道徳観念もあり、明らかにジェラルドとは違う。

重要なのはその点だ。わたしが不安なのは、ジェラルドのときのように、利用されてなにかを奪われるのではないかということだ。でも、プリンスが失業中のハイミスからなにを奪うっていうの？　彼はエル・バハール王国のプリンス・カリール・カーンなのだ。ジェラルドは期待しているような男性ではないと、心の底ではわかっていた。でもなぜかカリールは、想像以上にすばらしい男性に思える。

いつの間にかドーラはカリールの腕に抱かれ、ベッドにからだを横たえていた。上がけの下にのびてきた手がおなかを撫でる。

「結婚してくれ」カリールはドーラの首に唇を近づけてささやいた。「ぼくの妻になってほしい。一緒に国に帰ろう。そして息子を産んでくれ。きみはプリンセスになるんだよ、いとしいドーラ」

カリールの手が胸までのびてくると、ドーラの頭は働かなくなってしまった。喜びがこみあげてきて思わずあえぎ声をあげる。

「カリール」ドーラはささやいた。

「なんだい？　ぼくはきみがほしかった。だからきみもぼくを求めてほしい。ぼくを信じて。きみはすばらしい宝物を目の前にしているんだよ。怖がっちゃいけない。チャンスは一度だけだ。両手でしっかりとつかみとらないと。そうしなければ、一生後悔するよ」

カリールがかけてくれた最後の言葉はもっとも身にしみた。わたしの人生は後悔の連続だった。不幸な子供時代、大学時代の経験、恋人のいなかった二十代、そしてジェラルドとの恋愛――それを恋愛と呼べるならの話だが。後悔していることがたくさんある。しかもいつも自分から行動を起こしたわけではない。起こさなかったことを後悔しているのだ。

ついに夢が実現するのだろうか？

「結婚してほしい」カリールはドーラの首や喉にキスしながら言った。「イエスと言って」

彼女は深々と息を吸った。後悔したまま生きていくの？　それともチャンスに賭けてみる？　唇を噛み、目を閉じてつぶやく。「イエスよ」

カリールは起きあがった。「わかってもらえると思ったよ。よかった」

彼はベッドから飛びおり、ドーラを床に立たせた。裸でいることを恥ずかしいと思う間もなく、彼女はバスルームへと促された。

「シャワーを浴びておいで。式の前にやることがたくさんある。二十分後にダイニングルームで会おう」そう言うと、カリールは去っていった。

ドーラは彼の後ろ姿を見送った。プロポーズの承諾に対して、もっと別の反応が返ってくると思っていた。結婚？　頭を振る。きっとすべて現実ではないのだ。奇妙な夢かなにかに迷いこんだのだろう。眠っているあいだに頭を打ったのかもしれない。とにかくシャワーを浴びよう。夢の続きを見るために。

結婚式に出席したのは、カリール、ドーラ、治安判事、証人を務めるふたりのボディガードだけだった。ドーラは豪華なホテルのスイートルームの広々としたリビングルームを見回した。ホテル側は奇跡的にもごく短時間で準備を整えたようだ。木製の小さなアーチには白薔薇（しろばら）とかすみ草が飾られている。白薔薇、百合（ゆり）、蘭（らん）が生けられた大きな壺（つぼ）の置かれたいくつかのテーブルで、通路が形づくられている。ドーラとカリールは、部屋の入口からアーチまで敷かれたまっ白な長い布の上に立っていた。スピーカーから静かな音楽が流れてくる。

ドーラはエキゾチックな花束をかたく握りしめて考えた。準備を整えるのに十二時間もなかったというのに、すべてが驚くほど順調に進んだ。二時きっかりにブティックから六着のドレスが届けられた。彼女が選んだのは、一九二〇年代風のスタイルのシンプルなアイボリーのレースのドレスだ。肩までの髪はアップに結い、ランチのときにカリールからプレゼントされた上品なパールのイヤリングが見えるようにした。

われながらけっこうきれいだとドーラは思った。黒いスーツを着たカリールは、ハンサムで自信たっぷりに見える。万事滞りなく進んでいた。だが、それが問題だった。ドーラは落ち着かなかった。からだの震えがとまらない。治安判事が〝病めるときもすこやかなるときも〟と言っても、まだ夢のなかにいるようだった。テレビ映画の制作現場に迷いこんでいるのでは？　精神に異常をきたしてしまったのかしら？　それとも、まぎれもない現実なの？

わたしはエル・バハール王国のプリンス・カリール・カーンと本当に結婚するのかしら？　ドーラはかすかに頭を振ってはっきりさせようとした。混乱しているのは、結婚式だからかもしれない。とにかく、わたしの想像とは、なにもかもまるで違う。ジェラルドとのときも少しあせって挙式の計画をたてたが、それでも式まで二カ月以上あった。ゲストを招いて教会で式をあげ、ホールで披露宴をするはずだった。正式なウェディングドレスも用意できた。

ドーラは、治安判事の言葉に真剣に耳を傾けているカリールを盗み見た。彼はなにを考えているのかしら？　彼女は式を中止してカリールと話しあいたかったが、どう切りだしていいかわからなかった。彼はこの式を特別なこととは考えていないのかもしれない。ドーラがシャワーを浴びて出ていくと、カリールはオフィスで仕事をしていた。彼はそっけなく挨拶(あいさつ)をしただけでファイルを数冊さしだし、すぐコンピューターに注意を戻した。おかげで彼女は、式の直前まで仕事に追われていた。今までと同じように。

「ドーラ？」

顔をあげたドーラは、カリールと治安判事に見つめられているのに気づいた。「なんですか？」

カリールはにっこりした。「治安判事が待ってるよ。〝誓います〟と言うんだ」

誓います？　なにを？　そう思ったところで理解できた。「ああ、ええ、誓います」小さく咳払(せきばら)いをしたが、喉のつかえはとれなかった。

「指輪をどうぞ」治安判事はドーラの花束をとって、そばのテーブルに置いた。

カリールはポケットに手を入れ、ダイヤモンドの指輪をとりだした。ドーラは宝石の輝きに目をみはった。カリールを見つめる。これをわたしに？

「プリンセスにふさわしいものだ」カリールは小声でつぶやき、ドーラの左手の薬指に指輪をはめた。

　ドーラは反対しようと口を開いた。すばらしいけれど高価すぎる。そのとき、ふと思いだした。そうよ、わたしは王族と結婚するだけじゃなく、世界屈指の富豪の一員になるんだわ。カリールにはどうってことのない買物なのだろう。わたしが上等のストッキングを買うようなものなのかもしれない。

　治安判事はまた話し始めたが、ドーラは聞いていなかった。左手に輝く見事な指輪に目を奪われていたからだ。第二関節に届きそうなくらい幅の広い指輪で、スクエアカットのダイヤモンドが全体をぐるりととり囲んでいる。いったいいくつの石が使われているのだろう？　ひとつの石の大きさは少なくとも二カラットはありそうだ。

「花嫁にキスしてください」

ドーラが顔をあげると、カリールが頭をさげて唇を重ねてきた。キスは甘かったけれど、短かった。

カリールはドーラの手を握った。「なにか変わった感じがする？」彼は尋ねた。

「結婚して？」

「それはもちろんだけど、プリンセスになった気分をききたかったんだ」

わたしはエル・バハール王国のプリンセス・ドーラ・カーン。ドーラは笑い声をあげたい衝動をこらえた。「まだ実感がわかないわ」実感がわく日が来るのかしら？

「おめでとうございます、妃殿下」ボディガードのひとりがドーラの手をとって言った。

ドーラはとっさにほほえんだが、からだは麻痺（まひ）していた。妃殿下？　このわたしが？　冗談もほどほどにしてほしい。ロサンゼルスから来た秘書が奇妙な状況に遭遇した。実際はそんなことなのだろう。ばかなまねをしてしまわないうちに、早く逃げださなくては。そうだ。嘔吐（おうと）するとか……。さらに、これを現実だと信じこんでしまわないうちに。

ところが、逃げだすことはできなかった。いつの間にか治安判事は姿を消し、ボディガードはそれぞれの部屋に引っこんでいた。ドーラは、グラスにシャンパンを注（つ）ぐ新郎とふたりきりになっていた。

ドーラはソファの隅にかけて、考えをめぐらせた。この見知らぬ男性は誰？　わたしはなにをしてしまったの？　不安が募り、からだが震える。カリールからシャンパンを受けとるとき、レースのドレスにこぼさないようにするだけでせいいっぱいだった。彼女はすぐにシャンパンに口をつけた。ことのほかおいしかったのでドーラは飲み干した。彼は黙ったまま再び注いでくれた。

カリールはドーラの前のテーブルにアイスペイルを置き、隣に腰をおろした。「大丈夫かい？」

カリールの思いやりが感じられ、ドーラはうれしかった。「気が変にならない？」彼女はぼそりと言った。

カリールはシャンパンを飲んだ。「なにが？　結婚式のこと？　すべて滞りなくいったじゃないか」

「そうね。時計じかけみたいに狂いがなかったわ」

ドーラは少し間を置いた。本当は〝ロマンティックだった〟と言いたかったのに、なぜあんなふうに言ってしまったのかしら？　彼女はこめかみをさすった。胃がきりきりする。きっとシャンパンのせいだ。本当にそうかどうか確かめるためにもう少し飲んでみた。今日は朝からなにも食べていないし、喉が渇いていた。気のせいか、急に頭が重くなってきた。

「なにか食べたほうがいいみたい」

「もちろんだよ。ディナーの準備はできている」

「うれしいわ」急に足が立たなくなった。

「ちょっと待ってね」

ドーラはカリールのハンサムな顔を見た。彫像のようにくっきりした輪郭。肌は浅黒く、危険な感じがする。まるで夜の砂漠みたいだ。砂漠なんて実際は夜も昼も行ったことはないけれど。

「慣れないことをしたからね」カリールはドーラの手を軽く撫でた。「少し時間をかけて、お互いをよく知る必要があると思うんだ。今までの人生について語りあわないかい？　そのあとでディナーを食べて、夜明けまで愛しあう」

ドーラはぼんやりした頭で考えた。愛しあうのね。すてきだわ。ほかのことは全部飛ばして、すぐにそこへ行くのはどうかしら。そっとしゃっくりをして、またシャンパンを飲む。カリールのすべてを知りつくすまで、何度も愛しあいたい。彼に触れたい。触れてもらいたい。裸の彼を見たい。今すぐ服を脱いでくれたら、過去のことを話すのがもっと楽しくなるのに。

「きょうだいはいるのかい？」

カリールの問いに思考を中断され、ドーラは混乱した。だが、彼はお互いをよく知ろうと言っていたのだと思いだした。名案だ。そうすれば、今の状況もそれほど奇妙に思わなくなるかもしれない。

ドーラはシャンパンを飲み干し、グラスをテーブルに置こうとした。しかし、カリールがすぐにまたお代わりを注いだ。断ろうかとも思ったものの、彼女の頭はすでに働かなくなっていた。断るなんて失礼じゃない？　彼は新郎だし……。なんてきかれたんだったかしら？

「いいえ。ひとりっ子よ」ドーラはソファの背にもたれた。「母はなにも言わなかったけど、わたしは望まれた子供じゃなかったみたい。両親は、わたしが生まれる二カ月前に結婚したの。父はあまり家に寄りつかなかった。わたしが七歳のときにふたりは離婚したわ」

「そうか。ぼくは末っ子なんだ。ひとりっ子ってどんな感じなのか、想像がつかないよ」

「寂しいものよ」ドーラは無表情で言った。「平気な子供もいるでしょうけど、わたしは寂しかった。母はわたしを育てるために一生懸命働いていたし、父はほとんどいなかったから。それに、学校にもなじめなかったし」肩をすくめ、カリールに顔を向ける。「勉強ができてあまりかわいくないから、女の子たちとは仲よくなれなかったし、男の子たちにも敬遠されたの。内気で人と口をきけなかったせいもあるわ。図書室に引きこもって本を読むほうが楽だった」

ドーラはまたシャンパンをすすった。さわやかな甘味があって、喉をすっとおりていく。頭はぼんやりしているが、気持がいい。怖いものから守られているような気分だ。

「寂しくなったのはいつ？」カリールは尋ねた。

ドーラはカリールのほうを向き、ソファの上で膝を抱えた。「たぶん昨日。よく覚えていないわ」

カリールの顔がぼやけて見える。飲みすぎてしまったかしら？　それとも、スイートルームの明かりが弱いせい？　ドーラは目を閉じた。頬を撫でる温かな手を感じた。

「大学は最初、けっこう楽しかったわ」過去に思いをはせ、ドーラは夢見るように言った。「奨学金をもらっていたの。勉強を奨励されるところは居心地がよかった。でも大学生活は思ったよりお金がかかったわ。それで、生活費の足しにするために、仕事が必要になったの」目を開け、カリールを見る。「母には学費を出す余裕はなかったから。あなたはお金の心配なんてしたことがないでしょう？」

「ああ、ないよ」

「うらやましいわ」

「でも、ほかの問題があった」

「誰だってそうよ。話がそれたけど、わたしは家庭教師のアルバイトを始めたの。ほとんどがスポーツ選手だった。アルバイト料が一番高かったから。でも、彼らは試験をパスしたいだけ。勉強する気なんてまるでないのよ」

ドーラはまばたきをした。まぶたがひどく重い。目を覚ますために、さらにシャンパンを飲んだ。

「ある日、わたしのノートがなくなっていたの。ふたりの男子学生を問いつめたわ。だけど、盗んだことを絶対認めようとしなかった」彼らの仕打ちを思いだし、ドーラはため息をついた。「だから、家庭教師はやめたの。それから三週間後、その男子学生たちがカンニングをしてつかまったの。彼らは退学処分になったけど、おとなしく引きさがらなかった。わたしにカンニングの方法を教えられ、それを使うように指示されたって言いわけしたのよ」

ドーラは言葉をつまらせた。ずいぶん昔のことだから、とうに傷は癒えていると思っていた。ところが、いまだに心が痛む。学部長室に呼ばれたときは、多勢に無勢だった。

「六人が口裏を合わせていたの。六人よ」ドーラは静かにくり返した。「誰もわたしを信じてくれなかった。ノートのことも、家庭教師をやめたことも、カンニングには関係ないことも。わたしは彼らと一緒に退学させられたわ。だから故郷に帰って仕事につき、お金をためたの。一年後、地元の短期大学に入り直して卒業したわ」唇を引き結ぶ。「あなたの聞きたいような話じゃなかったわね」

「教えてくれることなら、なんでも知りたいよ」

ドーラは笑みを浮かべようとしたが、顔が引きつっただけだった。「そうかしら。わたしの人生なんて、あまりおもしろくないわよ」

「そんなことはないさ」カリールはドーラの頬をまた撫でた。「どうして四年制の大学に入り直して学位をとらなかったんだい？」

ドーラは肩をすくめた。心の痛みはどうにか払いのけられたような気がした。「またなにかあるんじゃないかと不安だったの。同じ目には二度とあいたくなかった。カンザスの空港でジェラルドに置き去りにされたときは別として、あんなにつらかったことはなかったもの」

カリールが身を寄せてきて、ドーラの手からグラスをとりあげた。

「とても悲しい話だね」カリールはささやいた。「だけど、これからすべてが変わる。きみはぼくの砂漠の薔薇なんだからね」

ドーラはカリールを信じたくてたまらなかった。「約束してくれる？」

「もちろんだよ」カリールはドーラに寄りそい、腕に抱いた。「きみは二度と傷つけられない」

「あなたにも？」

「決まってるだろう」

カリールはドーラの唇に唇を重ねた。ドーラのまぶたはゆっくりと閉じていった。からだの感覚がなくなっていく。どこまでも果てしなく流され……行きついたところは暗闇のなかだった。

6

赤毛のモデルがショールームのまんなかをゆっくりと歩いていた。しなやかで華奢なからだは、ダークブラウンのシルクのドレスの下で完璧なまでに姿勢を保っていた。ドーラはドレスに目をこらし、ほっそりした十八歳のからだには気をとられないようにした。色は大好きだが、デザインは自分に似合いそうにない。豪華な椅子にかけたドーラは、落ち着きなく身じろぎした。今日の午後遅くエル・バハール王国に出発するため、服を新調するようにカリールに言われ、朝から高級ブティックに連れてこられたのだ。

カリールの気前のよさを喜ぶべきだ。彼には思いやりも気づかいもある。そう自分に言い聞かせているうちに、ドーラは物思いにふけり始めた。ひとつ気になるのは、今朝ひとりで目覚めたことだ。カリールが同じベッドに寝た形跡はまったくなかった。でも、わたしに怒る資格なんてない。ゆうべの記憶はおぼろげにしかないのだから。

結婚式のあと、カリールと話しあったのは覚えている。もちろんシャンパンを飲んだことも。ドーラは二本の指でこめかみを押さえた。いまだに頭がずきずきする。空っぽの胃に酒を入れすぎたせいで、あまり気分がよくなかった。

わたしはいつの間にか眠ってしまい、カリールにベッドへ運んでもらったのだろう。酔いつぶれて意識のない状態でカリールと愛を交わしたかったわけではないのだから、目覚めたときに彼が隣にいないからといって怒るべきではない。そう考えれば、なにも間違っていない。でも、なにかが違うような気がする。わたしは結婚初夜をひとりで過ごしたわけだ。

ブティックのオーナー、バベットが優雅なシルクのドレスをつまんだ。「極上のシルクです。お色もお似合いだと思いますわ」

ドーラは内心むっつりしていた。よく言うわ。ヒップがきつすぎて、ドレスのラインがすっかり崩れてしまうに違いない。だが、彼女はなにも言わなかった。高級ブティックの雰囲気には違和感を覚える。ひどく場違いな感じだ。店員はみな元モデルのようだし、バベットだって小柄だけれど、とてもセンスのいい服を着こなしている。それに引き替えわたしは、真新しいお気に入りのブルーのドレスを着ていても、太っていて、みっともない。

バベットは気づかうようにドーラを見た。「でも、ほかのデザインのほうが、もっとお似合いかと思います」

なんて見る目があるのかしら。ほめてあげたいわ。ドーラはため息をついた。わたしの居場所はここではない。ロサンゼルスでもない。居場所がなくて困惑しているうえに、プリンスと結婚したせいで、事態をさらにややこしくしてしまった。

カリールはブティックの入口近くに立っていて、ドーラが椅子に腰かけたとたんに携帯電話をかけ始めた。ほどなく携帯電話をジャケットのポケットにしまうと、彼女の横に来た。そして目の前でポーズをとるモデルをしげしげと眺める。モデルは唇をつきだしてほほえみ、誘うような表情をした。ドーラはモデルをぴしゃりとたたいてやりたかった。だが、もう少しの辛抱だ。いつまでも続くわけじゃない。

カリールはバベットのほうを向いた。「この子は一カ月も絶食しているみたいに見える。ちゃんとお給料を払っているかい？」

バベットの顔から血の気が引いた。「殿下、もちろんで——」

カリールは目をそらし、バベットの言葉をさえぎった。「妻は女性らしいすばらしいスタイルをしている。ぼくは妻に魅力を感じるし、いずれ息子たちを産んでくれる女性と結婚できて幸せだと思っている。彼女はプリンセスなんだ。そのことを忘れないでくれたまえ」

バベットは驚きを隠そうとしていたが、衝撃を受けているのは明らかだった。

カリールはかがんでドーラの頬にキスをした。「電話をしなきゃならないところが残っている。大丈夫かい？」

「大丈夫よ」ドーラはなんとか答えた。

「よかった。不愉快な思いをさせられたら、ぼくに言うんだよ」それだけ言うと、カリールはドアの横のカウンターに戻り、携帯電話をとりだした。

バベットは品定めするような目でドーラを見た。「とても愛されていらっしゃるんですね。妃殿下は幸運です」

返事のしようがなかったので、ドーラはただにっこりした。確かに幸運だけれど、戸惑ってもいる。バベットが言ったように、カリールはわたしを愛してくれているの？　信じたいけれど、確信が持てない。なにもかもあっという間の出来事だったからだ。

ドーラが視線をあげると、赤毛のモデルは奥に引っこみ、新たに三人のモデルが登場した。それぞれ違ったタイプの服を着ている。ひとりは膝丈すれすれの短いネグリジェ。明るいグリーンのシルクは光沢があり、サイドのスリットは腿を強調している。ふたり目は黄緑色のベルベットのイブニングドレス。すてきだわ、とドーラは思った。肩幅が広くてパッドが入っている。襟ぐりは大きく開いていて、軽やかなベルベットがふわりと下半身を覆っている。これなら似合うかもしれない。試着してみようかしら。

最後はビジネス用の紺のピンストライプのコートドレスだった。後ろからもう三人女性が出てきた。それぞれ何着か服を持っている。

「ベーシックなものばかりでございます」バベットはドーラのほうを向いて言った。「どれも妃殿下のサイズです。お好きなものをお選びになって、ご試着なさってはいかがでしょうか。メアリー」ブロンドの若い女性を呼ぶ。「靴を持ってきて」ドーラに視線を戻す。「妃殿下、お靴のサイズは？　そうだわ、コーヒーはいかがでしょうか？　軽いお食事は？」

三時間後、ドーラは丸くなって一週間眠り続けたい気分になっていた。服の試着がこれほど疲れるとは思わなかった。彼女は広々とした試着室のまんなかに立ち、試着した服をふたりの店員に手直ししてもらっていた。

どんな服を何着選んだのか記憶にない。バベットはそれを記録したリストを持っているが、ドーラの頭はすっかり混乱していた。靴のほかにも、ドレスに合わせた帽子やスカーフ、ピンもあるし、イブニングドレス用のショール、パンツ用のカジュアルなコートもある。

店員のひとりがアクセサリーをトレイにのせて持ってくると、バベットはドーラの結婚指輪をちらちら見て小声で言った。「妃殿下は人造石はお気に召さないわ。さげてちょうだい」

ようやくふたりの店員が仕事を終えた。試着室を出たドーラはカリールを捜しに行った。彼は退屈してしまったかしら？

ショールームの正面に向かうと、カリールが若い女性と話しているのが見えた。モデルにしては背が低すぎるので店員だろうか？　なにやら深刻な顔をしている。

しばらくすると、カリールがその女性の肩をつかんでつき放した。黒髪を背中のまんなかまで垂らした女性が、彼をにらみつけてなにか言う。遠すぎてふたりの会話は聞こえないが、女性の態度から怒っているのはわかる。激しい怒りをみなぎらせているようだ。カリールが身ぶりでなにか伝えた。女性は頭を振り、不快なにおいをかぎつけたかのように凍りつき、やがて後ろを振り返った。

ドーラは思わずあとずさりしたが、間に合わなかった。若い女性の鋭い視線にとらえられる。なんて美しい女性なのだろう、とドーラは思った。絶世の美女だ。欠点と言えば、大きな目が悪意に満ちていること。一瞬ドーラは、自分の人生が危機に瀕(ひん)しているように感じた。するとカリールが女性の腕をとってブティックの外に連れだした。ドーラはふたりのほうに向かった。その女性が何者なのか知りたかった。だが、途中でバベットに呼びとめられた。

「妃殿下、お靴もお試しいただきませんと」

ドーラはうなずいた。あとで必ずカリールと話しあわなければ。

「カリール、ブティックにいた女性は誰なの？」ホテルを出て、カリールの自家用機が待つ空港に向かうリムジンのなかで、ドーラは尋ねた。「あなたが真剣な顔で話していたきれいな女性よ」

カリールはなんのことかわからないふりをしようと思った。だが、ドーラがあの光景をあっさりと忘れるはずがない。

きれいな女性か。カリールは内心笑いそうになった。アンバーはひどい侮辱だと怒るだろう。〝きれい〟という表現は不適切だ。彼女は絶世の美女であり……とても卑劣だ。

「ただの友達だ」カリールはにっこりして答えた。「家族ぐるみでつきあっている。彼女の父親が政府の関係者なんだ。結婚の報告をしたんだよ」

「彼女はあまりうれしそうじゃなかったわ」

カリールは、アンバーの怒りに満ちた金きり声と脅し文句を思いだした。「びっくりしていたのさ。それだけだよ」彼は落ち着いて答えた。ドーラに真実を明かす必要はない。アンバーにわめきちらされ、聞くに耐えない言葉でののしられたなんて、妻に言うことではない。

妻か。カリールはドーラを見つめた。見かけはアンバーほど美しくないかもしれないが、ほかのすべての面でドーラはアンバーに勝っている。ブティックでアンバーと鉢合わせしたとき、ぼくの選択は間違っていなかったという確信が深まった。ドーラならプリンセスとしての義務をすぐに理解してくれるだろう。誠実で思いやりがあり、スキャンダルなど起こすはずもない。時間とともに、もっと従順になっていくかもしれない。

カリールはドーラの手をとった。「きみと結婚できて幸せだよ」

ドーラはかすかに口もとを震わせてほほえんだ。「わたしもよ」

カリールはドーラの手を握りしめてから放した。窮地からぬけだせて本当によかった、と彼は心から思った。おまけに妻にふさわしい女性を見つけることができたのだ。今回の外遊は実りが多かった。


ドーラはカリールの自家用機の窓から外をのぞいた。眼下には、まるで月面同様になじみのない風景が続いている。彼女はこのあたりの地理に詳しくなかった。下をじっと見つめながら、エル・バハール王国はまだかしらと考える。

長い旅だったため、いろいろ考えてはパニックに襲われそうになる自分をドーラは必死で抑えていた。カリールがキャビンの照明を落として、ゆったりしたシートにからだをのばして眠ったあとは、特に考える時間がたっぷりあった。あと数分で着陸だ。彼女は気が変わったと彼に伝えたかった。

左をちらりと見ると、カリールは産業廃棄物処理についてのレポートを一心に読んでいた。十一時間のフライト中、彼はほとんど眠っていた。そして朝食のときに目を覚まして、ひげをそり、きれいなシャツに着替えた。ドーラは自分のしわくちゃのドレスに目をやった。着陸前に着替えようにも、なにも用意していない。荷物はすべて貨物室のなかだ。

わたしは大丈夫。そう自分に言い聞かせたが、だめだった。大丈夫どころか、怖くてたまらない。こんなところでなにをしているの？

パニックに襲われ、ドーラは肘かけにおさめられた飛行機電話に手をのばした。そして、その手をとめた。誰に電話するの？　父とは二十年以上会っていないし、母はわたしが二十五歳のときに他界した。親戚はいない。友達と呼べる人もいない。そもそもなにを話したいの？　結婚二日目で、もう後悔してるって？　祖国を出て、エル・バハール王国に移住するのが怖いって？

ドーラは手を膝に戻してため息をついた。この数日間は軽率な行動を慎もう。いずれ事態は落ち着き、異国で暮らす不安は消えるだろう。

ドーラはまたカリールを見た。さっきと同じページを見つめている。彼も悩んでいるのかしら？　不安なの？　ききたくてたまらないが、答えを知るのは怖い。〝そのとおりだ、自信がない〟と言われたらどうしよう。

エル・バハール王国に発つ前に、もうひと晩ニューヨークにいたかった。結婚式の夜、わたしが酔いつぶれなかったら、話しあって愛を確かめあえたかもしれない。もう一度抱かれて、愛していると言ってもらえたら、すべてに対してもっと確信が持てただろうに。しかし、もうあとの祭だ。ジェット機に乗って、旅だってしまった。機内にはパイロットのほかにスチュワードがふたりいて、つきっきりで世話をしてくれたため、カリールとふたりきりになれる時間はまったくなかった。

耳が痛くなってきたので、ドーラは無意識のうちにつばをのみこんだ。ジェット機が降下していく。窓から下を見ると、広大な砂漠ではなく都会的な街並みが見えた。道路は広く、たくさんのビルが立ち並んでいる。モダンなガラス張りの高層ビルもあった。そのとき、きらきらした青いものが目に入った。

アラビア海だ。本当に地球を半周してきたの？

「そこが宮殿だよ」カリールが窓の外を指さした。「海岸ぞいにある。街の旧壁も見えるだろう」

海岸ぞいに巨大な乳白色の建物が見えた。広大な敷地はさまざまな色に彩られている。パニックにとって替わり、ドーラの心に好奇心が芽生えた。機内から見るエル・バハール王国はエキゾチックであると同時に、歓迎ムードが感じられた。それほど不安に思う必要はないのかもしれない。

ジェット機は滑るように着陸すると、滑走路の先にある小さなビルに移動した。機内から出たドーラは、滑走路の反対側にここよりはるかに大きなターミナルがあるのに気づいた。

「あれは一般の飛行機用だよ」ドーラの視線に気づき、カリールは言った。「あそこで入国審査と通関手続きをするんだ。その向こうには貨物便が発着する。会社ごとの滑走路があるんだ。見てのとおり、エル・バハールは近代化への道を歩みつつある」

「すばらしいわ」ドーラは言った。

ドーラはジェット機のステップをおり、エル・バハールの空気を吸いこんだ。少し冷たかったが、気持よかった。かすかに花の香りがするけれど、近くに花など見あたらない。空は鮮やかな青で、どこで見た空よりも広く見えた。どうやらわたしは夢見心地になっているようだ。この空はいつも見ている空と同じなのに。でも、やはり違うように感じられる。

カリールは待機していた白いリムジンに向かった。ボンネットには、金色の王家の紋章がついた小旗が二本たっている。ドーラが近づいていくと、制服を着た運転手が後部ドアを開いて待っていた。なかに乗りこもうとすると、カリールが軽く腕をたたいて言った。

「ドーラ、彼はロジャーだよ。家族みんなのお気に入りの運転手なんだ。昔から王室専属でね」

ロジャーは帽子のつばに手をやった。にこやかな五十代の色白の男性だ。「ありがとうございます、プリンス・カリール。でも、〝昔から〟はないでしょう。そちらのご婦人に、ひどい年寄りだと思われるじゃありませんか」イギリス人のロジャーはにっこりして言った。

「確かに〝ひどい年寄り〟ではないが、若くはないだろう?」カリールは答えた。

ロジャーはにこにこしている。「わかりましたよ、殿下。そういうことにしておきましょう」彼はドーラにウィンクした。

ドーラはロジャーに笑みを返した。エル・バハールで最初に会った人がやさしそうな人でよかった。

カリールはロジャーの肩をつかんだ。「今日空港に迎えに来てくれてよかったよ。これで、ドーラの不安も少しは和らぐだろう。エル・バハールでの暮らしを心配していたようなんだ」

ドーラは少し驚いた目でカリールを見た。「わたしの気持がわかったの？」

「ぼくはきみの夫だよ。わかるに決まってるだろう」

ドーラは返す言葉を失った。確かにカリールはわたしの夫だけれど、彼はわたしのことをよく知らない。少なくとも、知っているとは思えない。それとも、わたしはカリールに対して間違った判断をくだしていたの？　出会ったときからほしかったという彼の言葉は本当だったのかもしれない。そう考えると、彼女は心のなかに温かいものが広がるのを感じた。

「奥さまなんですか？」ロジャーは信じられないという口調で言った。「殿下、存じませんでした」帽子をとり、ドーラに向かって深々と頭をさげる。

ドーラは敬意を表されたことにひどく驚き、助けを求めるようにカリールにちらりと目をやった。カリールは少しもあわてた様子を見せなかった。それもそのはず、彼は生まれたときからプリンスなのだ。こういう扱いに慣れていて当然だ。

「妃殿下」ロジャーは話し始めた。「ご無礼申しあげました。存じあげませんで――」

ドーラはプリンセスとしてどうふるまえばいいかはわからなかったものの、人とどう接すればいいかなら心得ていた。ロジャーの言葉を途中でさえぎり、穏やかな口調で言った。

「かた苦しいことはぬきにしてください。カリールの言うとおりなんです。わたしはエル・バハールに初めて来たので、少し緊張しています。にこやかに迎えてくれてありがとう」

ロジャーはうなずいて、開けたドアを示した。「妃殿下に喜んでいただけて光栄です」

ドーラは後部シートに滑りこんだ。

カリールが乗りこむ前に、ロジャーは言った。「殿下、すばらしいレディじゃありませんか」

カリールは無言だった。ドーラは聞こえなかったふりをしたが、ロジャーのほめ言葉のおかげでいくらか心が落ち着いた。いずれプリンセスらしくなれるときが来るだろう。王室の人々がロジャーくらい親しみやすいといいのだけれど。

トランクに荷物を入れると、ロジャーは運転席に座ってリムジンを走らせた。数分もしないうちに空港を出て、街に向かった。ドーラは窓の外に視線を走らせ、母国となった国の景色を頭に刻みこんだ。

リムジンは南の海岸ぞいのハイウェイに入り、東に向かった。道路は広く、状態もいい。新車も古い車も走っている。ドーラはまた青い空に目をやった。窓を開けて空気を吸いこみ、どんなにおいがするのか知りたくなる。

「窓を開けてもいい?」ドーラはきいた。

「いいよ」カリールはシートにもたれた。「ここはきみの祖国になるんだ。居心地がいいようにしてくれ」

ドーラはカリールに伝えたかった。あなたが腕や手に触れてくれたほうが居心地がよくなる、と。だが、それを言う勇気はなかった。形のうえでは夫婦だが、妻としての権利などなにも持っていない気がするからだ。

スイッチを押すと、窓が音もなく開いた。とたんに冷たいそよ風が入ってくる。ほのかに甘い不思議な芳香とともに、ドーラはかすかな海の香りを吸いこんだ。

リムジンはハイウェイの一番左の車線を走っていた。道にそって椰子(やし)の木が植えられている。

「なつめ椰子?」ドーラは尋ねた。

「そうだよ。つい最近まで、長い夏のあいだの貴重な食料だった。今は輸出用の作物として栽培されているが、いまだにエル・バハールの食卓によくのぼる。見てごらん」カリールは左側を指さした。

ドーラが振り向くと、遊牧民と思われる男性が見えた。麻袋を山と積んだらくだを二頭引いている。

「スーク、つまり市場に行くんだ」カリールは続けた。「街のなかで一番古くて大きい市場は宮殿のそばにある。いつか連れていってあげるよ」

異国情緒に満ちた冒険が待ち受けていると思うと、不安を抱えているにもかかわらず、ドーラの胸は期待に躍った。

やがてリムジンは金融街へと入っていった。ガラス張りの高層ビルのなかには、ドーラの知っている会社もいくつかあった。

「次兄のジャマールが国家の財政を管理しているんだ。王室の財政もね」カリールは欧米風のビル群に顔を向けた。「父はエル・バハールをアラブ諸国の経済の中心にしたいと考えていた。それを実現させたのがジャマールなんだ。巨大銀行と金融会社を誘致した。もちろん、バハニアの豊かさにはわが国はまだまだ及ばないけどね」

「どこですって?」ドーラは尋ねた。

「バハニアだよ。北東の隣国だ。バハニアの国王に比べれば、自分の苦労なんて苦労じゃないって父はよく言ってるよ。父には息子が三人いるんだが、バハニアの国王には息子四人と娘がひとりいるんだ」カリールは頭を振った。「父とバハニアの国王は親友でね。ぼくたち兄弟は、誰かがバハニアのプリンセスと縁組みさせられると思っていた。だけど、ぼくの祖母がバハニアの王族出身で、血縁関係があるから、その可能性はなかったんだ」

ドーラはカリールをじっと見つめた。「国王が息子たちの縁組みをするの？」

「もちろんだよ。王族だからね」

それですべて説明がつくと言わんばかりだ。だが、なんの説明にもなっていない。「でも、あなたは縁組みさせられなかった」ドーラは恐ろしくなった。「いいえ、させられたんだわ。妻が何人もいるのね」胃がしめつけられ、全身に寒気が走った。エル・バハールはイスラム教の国なの？　じゃあ、男性は妻を四人持てるってわけ？　なんてことなの。とんでもない間違いを犯してしまった。なんとかしないと……。

カリールは笑いだした。「なにを考えているのか知らないけど、怯えた顔をしているよ。鷹ににらまれた鼠って感じだ。ドーラ、妻はきみだけだよ。エル・バハールは宗教の自由が認められていて、一夫一婦制をとっている。父に言わせると、ひとりの妻で手いっぱいの男性たちもいるからだそうだ」

ドーラは乾いた唇を湿らせた。「確かなの？」

カリールはうなずいた。「確かだよ。さあ、質問はやめて、外をごらん。もうすぐ宮殿だ」

そう言われてドーラが外を見てみると、リムジンがいつの間にかハイウェイをおりていたのに気づいた。道路は舗装されていたが、建物のあいだの小道は丸石が敷きつめられている。店や家、バルコニーに鮮やかな色の洗濯物が並ぶアパートメントが見える。空き地では子供たちがサッカーをしていた。そのなかのひとりの少年がリムジンに気づいて、みんなに呼びかけた。すぐに子供たちがリムジンにかけ寄ってきた。手を振り、挨拶をしている。カリールは窓を開けて手を振った。

「プリンス・カリール！　おかえりなさい」

幼い少女はかがんで花をつむと、ゆっくりと走るリムジンに投げてよこした。

ドーラは五〇年代の映画のヒロインになったような気分だった。「みんな英語を話すのね」

「ほとんどの国民が話す。学校の必修科目なんだ。商取引でも使うように奨励している。エル・バハールは新しい時代を迎えて、大きくはばたく準備をしているんだよ」

リムジンは長い並木道に入っていった。ドーラは外を眺めていた。新しい生活への不安はかなり薄れてきた。

「着いたよ。宮殿の入口だ」カリールはまっすぐ前を指さした。

開いている巨大な門をくぐると、十二人近くの護衛が立っていた。塀に囲まれた敷地のなかを私道が続く。茂った木の葉のあいだから、建物や池、テニスコート、庭師たちが見えた。

「宮殿の敷地は、週二回一般開放されている」カリールは言った。「動物園や庭園、遊歩道があるんだ。祭日やお祭のときにはいろいろな催し物もある。国民は無料で入ることができる。宮殿は王室だけでなく、国民のものでもあるからね。外国人からは少額の入場料をとっている」

最後のカーブを曲がったとき、ドーラは思わず息をのんだ。巨大なクリーム色の建物が目の前にあった。

建物は左右に果てしなく広がっているように見えた。三階建てくらいで、美しいタイルの屋根が真昼の日ざしを受けて輝いている。バルコニーの錬鉄製の手すりが、直線的な建物のアクセントになっていた。

リムジンは巨大なアーチの下でとまった。後部ドアを開けたロジャーの手を借りて、ドーラは車をおりた。前方に、コバルトブルーの小さなタイルが円形に敷きつめられているのが見える。魚や船がバランスよくちりばめられていて、このうえなく美しい。彼女はたちまち心が安らぐのを感じた。

「ようこそ、プリンセス・ドーラ」ロジャーはドーラにウィンクした。「みなさんとお顔を合わせる心がまえはおできですか?」

「だといいんだけど」ドーラは横に立っているカリールをちらりと見た。ロジャーは末のプリンスが結婚したことに驚いていた。王族、とりわけ国王陛下はどう思うだろう?

「みなさん、結婚したことをご存じなの?」

「父は知っている。報告したら喜んでいた」ドーラの緊張を和らげようと、カリールは嘘をついた。

カリールは前日のギボン・カーン国王との会話を思いだした。父は立腹して怒鳴り、ひと言も口をきいてくれなかった。父の怒りはいまだおさまっていないだろう。

ふたりは十二、三の噴水がある中庭を横ぎった。一メートルごとに護衛が立っている。エル・バハールは平和な国で、護衛は形式だけのものだ。だが、胸にかけた自動小銃や弾薬帯がものものしい。ドーラはカリールにぴったりと寄りそった。

迎えに出ている家族全員の姿が、カリールの目に入った。宮殿の玄関の両開きのドアは開いており、前の大きな柱にふたりの兄が寄りかかっている。マリクもジャマールもカリールも、カーン一族の特徴であるダークブラウンの目に、黒い髪をしている。三人とも身長は百八十センチ以上あって、一番高いのがマリクだ。

階段の一番下の段で待っているのは、祖母のファティマ・カーンだった。ほっそりしたからだはか弱い印象を与えるけれど、誰よりもぬけ目のない女性だ。祖母が新妻に好意を持ってくれればいいのだが、とカリールは思った。祖母に認められれば、宮殿内でのドーラの暮らしは大きく違ってくる。

最後にカリールは父に視線を向けた。ギボン・カーンは六十歳近いが、背筋をぴんとのばしたその姿はとてもたくましく見える。父は知恵と忍耐でエル・バハール王国を統治していた。息子たちに対してはあまり忍耐強くないが……。父の目には怒りと失望が見てとれる。大変なことになりそうだ。

カリールとドーラは家族の前で立ちどまった。誰も口を開かない。祖母が息子——つまり国王にきつい視線を送る。どうやらふたりはカリールの結婚のことで口論したようだ。

カリールはドーラの肩に手を置いた。「父上、プリンセス・ドーラ・カーンを紹介します。ドーラ、父だ。エル・バハール王国のギボン国王だ」

カリールが驚いたことに、ドーラは国王の前に歩みでて、しとやかにお辞儀をした。

「陛下、すばらしい国にお招きいただき、ありがとうございます」

国王はドーラに鋭い目を向け、軽くうなずいた。そして、息子に目をやった。「カリール、おまえに憤慨させられたり、失望させられた経験は過去にもあった。しかし、おまえが息子でなかったらよかったのにと思わされたのは初めてだ」

ドーラは驚き、傷ついた顔でカリールのほうを向いた。カリールはドーラを安心させたかったが、今はまずいと思った。事情を説明することも考えたが、やはりもう少し待ったほうがいいと思い直した。いずれは父に、アンバーとの婚約破棄を決意した理由を話すつもりだが、今はできない。まずは宮殿での自分の地位——そしてドーラの地位を確立しなくてはならない。

カリールは妻を守るように腕に包みこみ、国王のほうを向いた。「父上、ぼくはなにを言われてもかまいません。でも妻に対しては、それなりの敬意を表してください。新しい娘として迎えてほしいんです」

カリールは父をじっと見つめた。ふたりのあいだに緊張が走る。心と心の闘いだ。カリールはこれまでその闘いに勝ったためしがなかった。しかし、今日はなんとしても負けられない。

国王は三歩前に歩みでて、ドーラの正面に立った。彼女の肩に手を置くと、かがんで両頬にキスをする。「娘よ、新しい家族のもとへようこそ。長寿とたくさんの息子と平和な老後に恵まれますように」

ドーラは国王にほほえみかけた。「愛には恵まれなくていいんですか?」

国王は驚いた顔をした。カリールも、まさかドーラが言葉を返すとは思っていなかった。

「愛があっても、夫と終生連れそうことができるとは限らない」

「陛下がお怒りのあまりカリールを殺そうと思っていらっしゃるなら、わたしが息子に恵まれるとは思えません」

カリールはひどく驚いた。なんと父のいかめしい口もとに笑みが浮かんだのだ。

「では、鞭打ちにとどめておこう」ギボンは言った。

ドーラは国王のほうに身を寄せ、小声でそっと言った。「陛下のお気持はよくわかります」

国王は大声で笑いだすと、ドーラを温かく抱きしめた。「息子が伝統に背を向けてきみと結婚したわけが、少しだけわかったよ。とりあえず、わたしの怒りは保留にしよう。さあ、来なさい、プリンセス・ドーラ。新しい住まいへ」

7

ドーラがぼんやりしているうちに、残りの人々の自己紹介が終わっていた。顔と名前が一致しないまま、ドーラはいつの間にか黒髪の女官に導かれて広々とした長い廊下を歩いていた。案内されたのは、三部屋続きの豪華なスイートルームだった。女官になにか話しかけられたが、なにも耳に入らなかった。信じられない思いで、部屋を見つめるばかりだった。

リビングルームは縦横十メートルほどあり、天井の高さは五メートル以上ありそうだ。床は大理石で、壁は宮殿の外壁に似た乳白色をしている。左側の壁にはオアシスにたたずむ母子のらくだが描かれており、右側の壁にはタペストリーが飾られている。西洋風の家具があちこちに置かれているが、それでもエアロビクスのクラスが開けるくらいのスペースが余っていた。バルコニーに続く壁一面の窓からは、アラビア海が一望できる。

ドーラは両開きのガラスドアを開けてバルコニーに出てみた。とたんに穏やかな潮風に包まれる。ほのかに甘い香りが漂ってきて、心が安らいだ。

　ジェット機からおりたとき同様、ドーラはまったく異質の世界に入った感覚に陥っていた。国王は好印象を持ってくれたようだが、わたしに席をはずしてもらいたい様子だった。たぶん、わがままな息子と話しあいたかったのだろう。家族がカリールの結婚に賛成していないのは、ほかに計画があったからに違いない。そうに決まっている。カリールはプリンスだ。勝手に妻を選べる立場ではないはずだ。

「ああ、カリール、なんてことをしてくれたの？」

　ドーラは小声で言い、両手で顔を覆った。軽率だった。彼は妻を自由に選べる普通の男性ではない。王族の結婚には王室の承認が必要に違いない。それとも、それはイギリス王室に限ったことなの？　指にはめたダイヤモンドの指輪をさっと見る。この結婚は正式なものではないのかもしれない。

「妃殿下？」

　ドーラは背筋をのばし、リビングルームの入口に立っている女官を振り返った。

　女官は二十代初めのとてもきれいな女性だった。黒い目は大きく、美しい髪を引っつめている。グレーの半袖（はんそで）のドレスに、飾り気のないフラットシューズをはいていた。

「スーツケースが到着しました。荷ほどきしてよろしいでしょうか？」

　ドーラは突然映画のヒロインになったような気がした。大変な事態に巻きこまれた無邪気なアメリカ人という役だ。だがこの問題は、二時間あまりでめでたく片づきそうもない。

「お名前は？」

「リハナと申します」若い女官は軽く膝を曲げた。「妃殿下にお仕えできて光栄です」

ドーラは〝こちらこそ〟と言いたい気持を抑えた。こういう扱いに慣れるには長い時間がかかりそうだ。「〝妃殿下〟以外に呼び方はないの？」

リハナはにっこりした。「もちろんあります。プリンセス・ドーラはいかがでしょうか？」

「では、それにして。名前が入っていれば、呼ばれたときわかりやすいわ」ドーラは左手の大きな両開きのドアに視線を向けた。「そこがベッドルーム？」

「はい」

「自分で荷ほどきするわ。そのほうが、どこになにをしまったかすぐにわかるから」

リハナは眉をひそめた。「プリンセス・ドーラ、ですが、それはわたしの仕事です」

「わたしが来る前は、どんな仕事をしていたの？」

「家事のスタッフでした」

「そうだったの」ドーラはほほえんだ。「わたしが来たから、急遽女官を命じられたわけね。まだ家事のほうが残っているでしょう」

リハナは戸惑った表情を見せた。「ですが、プリンセスのお世話を優先させるように言われています」

ドーラは深々と息を吸った。「わたしはこの国や宮殿の習慣に不慣れなの。慣れるまで、ちょっと時間がかかると思うわ。だから、今日は自分でやらせて。明日からはあなたにお世話してもらうから」

リハナは躊躇している。

ドーラはにっこりして、ドアを指さした。「大丈夫よ、リハナ」

若い女官はドアに向かった。「ご用がありましたら、お電話でお声をかけてください」

「ええ。ありがとう」

ひとりきりになると、ドーラはベッドルームに入った。リビングルームより少し小さいが、やはりすばらしい。中央の少し高くなった床に天蓋つきベッドが置かれている。正面の壁は一面ガラスで、両開きのガラスドアを開けると、リビングルームと同じバルコニーに出られるようになっている。

家具はリビングルームのものより少し東洋風だ。黒い漆塗りで、引きだしの取っ手は金の漢字の形をしている。ドーラは大理石の床を歩いて、クローゼットの扉を開けた。だが、なかは空っぽだった。驚いて目をしばたたかせる。

ここはカリールの部屋ではない。どうやらゲストルームに案内されたらしい。家族の居住区域から遠く離れているのだろうか?

恐れと不安で胃がしめつけられる。これはなにを意味しているのかしら？　単なる間違い？　わたしがカリールの部屋にいないとわかったら、彼は捜しに来てくれるかしら？　それとも、これがエル・バハール王室の流儀なの？　ニューヨークを発つ前に、少し調べておけばよかった。

恐れがパニックに変わった。カリールと王室の人たち以外、わたしの居場所を知っている人はいない。すべてがあっという間に起きてしまって、知りあいに連絡する暇もなかった。けれど、母は亡くなっているし、父とは何年も音信不通だ。わたしがいなくなったところで、心配する人はいないだろう。

ドーラはリビングルームに戻り、ドアの前で立ちどまった。わたしはとらわれの身になってしまったの？　古い映画のシーンが頭をよぎる。罠にはめられ、略奪され、殺される女性の姿が。二度と生まれ故郷を見られないのかしら？　でも、こんな事態を招いたのは、わたし自身の責任だ。くどかれたことに有頂天になって、冷静に考えなかった。ちっぽけな寂しい世界に現れたプリンスにプロポーズされたものだから、つい飛びついてしまったのだ。

ここを脱出しなければ。今すぐ！

ドーラはドアを開けて廊下に出た。意外にも、廊下には護衛は立っていなかった。

ドーラは右、左と様子をうかがった。宮殿の正面はどっちだろう？　スイートルームは海に面しているのだから南で、宮殿は……。

「プリンセス・ドーラ、なにかご用ですか？」

「はい？」

ドーラが見あげると、年配の男性が目の前に立っていた。細い腕に厚いタオルを何枚かかけている。

「おなかがおすきですか、妃殿下？　お食事をお持ちしましょうか？　それとも、リハナをお呼びしましょうか？」

ドーラは口を開きかけたが、思い直した。脱出するには作戦を練る必要がありそうだ。

「いいえ、けっこうよ。ありがとう」

ドーラはドアを閉めながら考えた。まずは心臓の鼓動を静めなければ。それから対策をたてよう。

隅の机からメモ帳をとり、ソファに腰をおろした。ジェット機から見た宮殿の建物を思いだしつつ、ざっと形を書いてみる。次に、知っている部屋を書きこんだ。入口と、廊下と、このスイートルーム。それしかわからない。リハナに宮殿を案内してもらおうかしら。

ドーラは気持のいいクッションにもたれた。わたしが状況を厄介にしているだけなのでは？　カリールに電話をつないでもらえばすむ問題でしょう。彼は夫なのよ。カリールと話ができれば、せめて彼の顔が見られれば、すべてうまくいくはず。そう思い、彼女は少しだけ目を閉じた。昨夜、ジェット機のなかでは眠れなかった。不安で、緊張しきっていたからだ。不意に眠気が襲ってきた。ちょっと、ちょっとだけ……。

「ごめんなさい。でも、あまり時間がないの」誰かが言った。

ドーラは身じろぎして目をしばたたかせた。ソファの上で、みっともない格好で手足をのばしていたのに気づく。見あげると、背の高いほっそりした女性が立っていた。豊かな黒髪にはところどころ白髪がまじっている。仕立てのいいサファイア色のスーツはいかにも王族らしく、耳には服に合わせた宝石が輝いていた。だが、目を引かれたのはその顔だ。だいぶ高齢のようで、柔らかそうな肌には細かいしわがあるけれど、驚くほど美しい。

「ファティマ」ドーラはからだを起こして立ちあがった。「すみません、皇太后陛下」震えながら頭をさげる。そしてその女性が国王の母親、皇太后であることを思いだした。

ファティマはさっと手を振った。「まあ、やめて。家族なのよ。〝おばあさま〟がなれなれしすぎると言うなら、ファティマと呼んで。〝高貴な方〟でもいいわよ。初めてそう呼ばれたのは四十年ほど前なのよ。公式訪問中の外国政府の高官がわたしの腿に手をのばしてきて、そう言ったのよ。だから、〝愛人はいや。わたしは秘密を守るのが苦手なの。夫である国王に不倫がばれたら、あなたは二度と女性を抱けないからだにされるわ〟って言ってやったの。意味、わかるでしょう?」

ファティマはウィンクをした。だが、かすかに悲しげな表情になった。

「彼が懐かしいわ……もちろん、夫のことよ。すばらしい結婚生活だった」ファティマはスーツの襟もとに手をやった。「これはシャネルなの。シャネルのスタイルってすてきだと思わない？　わたし、ココを知ってるのよ。この年だもの、誰を知っていても不思議はないわね。それはそうと、あなた、カリールの妻になって、こういう生活にひどく戸惑っているでしょう？」部屋を示すように腕を広げた。

「ますます戸惑っています」ドーラは思わず言ってしまい、あわてて手で口を押さえた。

「申しわけありません。失言でした」

意外にも、ファティマは笑いだした。「そうね。でも要するに、そう思ったってことでしょう」

ファティマはソファの端に腰かけると、横のクッションをたたいた。ドーラはそこに腰をおろした。

「わたしはちょっと変わり者なの」ファティマは続けた。「年のせいもあるけれど、生まれながらの性格なのよ。七十年かけて、それに磨きをかけたというわけ」前かがみになって声を落とす。「まわりは男性ばかりよ。ギボンの妻はかなり前に亡くなったんだけど、わたしは彼を再婚させることができなかった。ギボンには息子ばかり三人。東隣のわたしの生まれ故郷バハニアの王室は息子が四人で、娘はたったひとりなの。わたしたち女性は結束しなきゃだめよ」

ドーラはどう答えればいいかわからなかったので、黙っていた。いまだに夢のなかにいるような奇妙な感覚がぬけない。ホテルでベッドルームに入ってきたカリールにくどかれたときから。

「宮殿は大騒ぎよ。国王の末息子が、外国で見ず知らずの女性と普通の結婚式をあげたから」ファティマはまた前かがみになり、ドーラの手を軽くたたいた。「気を悪くしないで。みんなあなたのことを知らないからよ。実際、そうでしょう?」

ドーラは弱々しい声で答えた。「ええ」

「カリールらしくないことをしたから大問題なの。みんなそれぞれ扱いにくいから、兄弟のなかでカリールが特に傲慢なわけではないし、衝動的な性格では決してないわ。マリクがいきなり花嫁を連れてきたんだったら、わかるけれど」ファティマは考えこむように眉を寄せた。「あなたはカリールのことをどのくらい知ってるの?」

ドーラはつばをのみこんだ。「アメリカ滞在中、臨時の秘書としてお仕事のお手伝いをしたんです」

「あの子ったら、衝動にかられたのね」皇太后はひとり言のように言った。「傷のこと、教えてもらった?」

予想外の問いに、ドーラは目をぱちくりさせた。「頰の傷ですか?」

「わたしが知ってるのはそれだけよ。ほかにもあるの？　知っているなら、教えてちょうだい」

「頬の傷についてはなにも聞いていませんし、知っているのもその傷だけです」

「あら」ファティマは手を組みあわせて膝に置いた。「それならカリールに傷のことをきかなきゃだめよ。彼はあの傷からいろいろなことを学んだはずよ。よく考えもせず、なにかを口にするべきではないということも含めてね。わたしはどうも合点がいかないの。あなたはかわいい方だけれど、アンバーとはぜんぜん違うわ。だからこそ、カリールはあなたと結婚したのかしら？」

ドーラはまた寒々とした気持になった。「アンバーって？」

ファティマはまじまじとドーラを見つめた。「あなたと結婚するまで、カリールはエル・バハールの首相の末娘と婚約していたの。なにも聞かされていなかったのね？」

ドーラは黙ってうなずいた。婚約していた？　カリールが？　つばをのみこんでみたが、胸の不快感は消えなかった。だとしたら、彼はなぜわたしと結婚することにしたの？　ベッドをともにした夜、出会ったときからわたしがほしかったとカリールは言ったけれど、そんなこと、あり得るかしら？　本当に彼はわたしに恋をしたの？　そうであってほしい。だからカリールは結婚を急いだのだと思いたい。

「そのフィアンセとはいつ結婚する予定だったんですか？」ドーラはかすれた声で尋ねた。

「カリールはアンバーとデートするのさえ拒否していたの」ファティマは考えこむように答えた。「今まで気づかなかったけれど、ようやく理解できたわ。彼は恋におちるのを待っていたのね。なんてロマンティックなのかしら」

ドーラは明るい表情をつくったつもりだったが、嫉妬と不安が表れているような気がした。わたしは心から愛されているの？　そうであってほしい。でも、そんなことがあり得るかしら？

「実は計画があるの」ファティマは言った。「エル・バハールは急速に近代化を遂げているけれど、王族は伝統にどっぷりつかっているわ。国王の末息子が外国で式をあげたなんて、国民は認めないと思うの。とても――」目を見開く。「まさかあなた、妊娠したから結婚したんじゃないでしょう？」

「彼を知ってから一カ月もたっていません」ドーラはうっかり口を滑らせた。とはいえ、経験は一度だけだ。妊娠なんてあるはずがない。

「そう。じゃあ、そういう噂を消すために、もう一度結婚式をあげなさい。伝統にのっとった式を。二週間後ではどう？　そのあいだにみんなで、首相一族との関係を修復するわ」

「なんて言えばいいのか……」ドーラは正直に言った。「事態が改善されるなら、喜んでそうしますけど」

「よかったわ」ファティマは立ちあがった。「そろそろディナーの時間よ。服を着替えて。カリールはシャネルで服を買ってくれなかったでしょう。孫たちはわたしのセンスを受け継がなかったの」

ファティマはベッドルームに入って、ベッドの上に広げられたスーツケースの前に立った。ドーラはあとを追った。そして追いついたときには、ファティマはなかのものをすべてチェックして、ふたつの山に分けていた。〝残すもの〟と〝捨てるもの〟だ、とドーラは思った。

「あなたにはブルーがとてもよく似合うわ」ドーラのお気に入りのドレスをとりあげて、ファティマは言った。「淡い色だから、わたしのドレスとかちあわないわね」いたずらっぽい笑みを投げかける。「それとも、民族衣装で新郎に挨拶（あいさつ）する？」

「彼もわたしも、まだそういう心がまえはできていないと思います」

「そうね。わたしもそう思うわ」ファティマはドレスを渡し、ドーラの腕に触れた。「ドーラ、わたしたちを怖がらないで。怖がっていても、それを人に悟られないようにしてほしいの。エル・バハールの国民は強さと決断力を重んじるわ。女性にもそれが求められる。息子、つまり国王は今、怒って失望している。でも、それはカリールに対してであって、あなたに対してじゃない。だから、国王が冷ややかな態度をとっても、あなたは傷ついたりしちゃだめよ。強くなりなさい。カーン家の男性の言いなりになろうものなら、一生奴隷同然に扱われるわ。わかった?」

「ええ」ドーラはそう答えたものの、本当に理解できるときが来るのか自信はなかった。

ファティマはドーラをバスルームに促した。「着替えてきなさい。待ってるわ。ディナーの席に連れていってあげる。男だけでディナーにするって、息子に言い渡されたの。だから、不意をついてやろうと思って。きっと驚くわ。さあ、早く支度して」

三十分後、ドーラはファティマについて、果てしなく長い廊下を歩いていた。角を曲がると、こぢんまりしたダイニングルームに着いた。長いテーブルには十人から十二人は座れそうだが、その夜は四人分のディナーしか用意されていなかった。国王が上座につき、長男と次男が右側の、カリールは左側の席についている。ファティマとドーラが入っていくと、四人とも顔を向けた。

「遅刻したかしら？」国王の不快そうな表情を無視して、ファティマは尋ねた。「ドーラに話したのよ。今夜は家族でディナーをともにしながら、危機管理について話しあうって。ドーラはエル・バハールに来たばかりだから、ひとり部屋に残しておくよりも、話に加わってもらったほうがいいと思ったの」

祖母が国王に冷ややかなまなざしを向けたのを見て、カリールは口もとがゆるみそうになった。ギボン・カーンは世界屈指の大富豪であり、国民に敬愛される立派な君主だが、母親には頭があがらないのだ。

ギボンは折れ、部屋の隅でじっと待っているウエイターのひとりに目配せした。すぐにふたり分のディナーが追加された。

「さすがは母上。思いやりがある」国王は立ちあがり、両腕を広げた。「相変わらず頭も切れますな」

ファティマは国王のもとに行き、彼の頬を撫でた。「ギボン、わたしは七十三よ。〝相変わらず頭が切れる〟なんて言い方はいい加減やめて」テーブルに視線を戻す。「ドーラ、カリールの隣に座りなさい。ジャマール、そこをどいて。わたしはあなたとマリクのあいだに座るわ」

あっという間にファティマは席順を好きなように変えてしまった。そしてふたりの孫息子のあいだに腰かけると、カリールに意味ありげなまなざしを向けた。あとでじっくりとききたいことがある、というように。

カリールは新妻をちらりと見た。ほほえみを返そうとしたドーラの口もとが震えてこわばった。父が彼女に、宮殿の端にあるスイートルームを与えたのは知っている。ドーラを嫁として認めていない証拠だ。思慮に欠けた無責任なぼくの行動は、延々ととがめられるに違いない。

「アレセルにどう言いわけするか、いまだに悩んでいる」生野菜のサラダと山羊のチーズが出されたとき、国王は言った。「三十年以上前からの一番の忠臣だ。わたしたちは兄弟同然に育った。バハニアとの関係をかためるために、アレセルの長女とバハニアのプリンスを結婚させるということで、われわれの意見はまとまっていた」

「なにが言いたいの？」ファティマは平然ときいた。「あなたには娘がいないし、アレセルの長女は、ちゃんとバハニアのプリンスと結婚したでしょう」

国王は母親を無視して、カリールに話し続けた。「その代わりに、アレセルの末娘をこの王室に迎える約束だった。カリールの妻としてね。全員の合意のうえだった」

「全員じゃないわ」ファティマはサラダにフォークをつき刺した。「わたしはドーラが好きよ。アンバーよりずっとカリールにふさわしいと思うの。頭がいいし、気骨がある。孫息子たちは頑固でしょう。妻は気骨がある人じゃなきゃ」

カリールは笑いをこらえ、父から目をそらしていた。それでも、祖母の言葉に父が憤慨しているのはわかった。

カリールは祖母をちらりと見た。今回、祖母はなぜぼくの肩を持つのだろう？　アンバーの行状を知っているのだろうか？

ドーラが食事に手をつけないことに、カリールは気づいた。万事うまくいくから気を楽にしてと言いたかったが、家族の前では言いたくなかった。その代わりテーブルの下でドーラの手を探りあて、握りしめた。うれしそうな笑みが返ってくる。

「問題は簡単に解決するわ」ファティマは言った。「二週間後に、伝統にのっとった挙式をあげるの。そうすれば、国民の気持はおさまるでしょう」

「アレセルはどうするんだ？　どうやって彼の気持をおさめる？」国王は言い返した。

「アレセルだって人の親よ。子供は親の言いなりにはならないと承知しているはずだわ」

ファティマはもうひと口サラダを食べた。鋭いダークブラウンの目はおかしそうに輝いている。「挙式までのあいだ、ドーラはハーレムでわたしがあずかるわ。お后教育をするためにね」

カリールは眉をひそめた。父は怒りを示すために、ドーラをゲスト用のスイートルームに押しこめた。だが、ぼくは今夜自分の部屋に連れてくるつもりだった。彼女はぼくの理想の女性ではないが、妻に迎えた以上、なんとしてもベッドをともにしたい。息子がほしいし、また先日のように楽しみたいから。だけど、ハーレムに行ってしまったら、手が出せなくなる。

「それはだめですよ」カリールは口をはさんだ。「ドーラは妻だ。ぼくの部屋で暮らす」

ファティマは眉をつりあげた。「だったら、さっさと連れていけばよかったでしょう」

「今まで父上と話しあいをしていたんだ」痛いところをつかれてしまった、とカリールは思った。

「大丈夫よ。二週間くらい妻と会えなくたって我慢できるはずだわ」

「無理だ。仕事を手伝ってもらっている」

「カリール、それはもうできないわ」ファティマは勝ち誇ったような笑みを浮かべた。「ドーラはプリンセスよ。秘書じゃないわ。仕事を手伝わせてはいけません」

ディナーがすむと、カリールはドーラをハーレムまで送っていった。あきらめきれずに、ドーラと同じ部屋で過ごさせてほしいと二度頼みこんだが、ファティマは譲らなかった。ドーラはこれから二週間ファティマと暮らす。プリンセスとしての務めを学ぶために。

「こんなことになって、すまなかった」カリールはハーレムのドアの前で立ちどまって言った。「一緒に暮らせると思ったんだが。でも、離れ離れになるのは二週間だけだ」

カリールはドーラにというよりもむしろ自分自身に言い聞かせていた。なぜかわからないが、心のなかにドーラを求める気持がこみあげてきた。これまで誰に対してもこんなふうに感じたことはなかったのに。

ドーラはカリールのほうを向いた。「カリール、一緒に暮らせないのなんて、とるに足らない問題よ。それより、フィアンセのことをなぜ教えてくれなかったの？　あなたにフィアンセがいたと知ったときのわたしの気持がわかる？」

「そんなに重大なことかな？　結局ぼくはきみと結婚したわけだし」

「いくつも疑問が出てくるのよ」ドーラはカリールに背を向けて、ドアを手で押した。「なぜフィアンセじゃなくて、わたしと結婚したの？　彼女、なんて名前だったかしら？

アンバー？」

　不意をつかれ、カリールは動揺した。まさかアンバーについてきかれるとは思わなかった。ニューヨークにいたときはぬかりなく思えた計画が、あっという間にめちゃくちゃだ。

「彼女を愛していなかったんだ」カリールはついに言った。

　ドーラは期待をこめてカリールを見つめた。だが、彼はそれ以上なにも言わなかった。

「二週間もハーレムにいる必要はない」カリールは断言した。「父にかけあって、きみの荷物をぼくの部屋に移させる」

　ドーラをじっと見ているうちに、ベッドをともにしたときのことがよみがえってきた。肌の柔らかな感触、内気で従順だったこと。熱い血がからだをかけぬける。カリールは彼女に近づいた。

「あのときはすばらしかったね」カリールはつぶやき、からだを寄せてドーラの唇に唇を重ねた。「きみがほしい」

　ドーラはあとずさりした。「あのときから納得できなかったの。あなたはわたしと結婚したくなかったんじゃない？　この結婚は間違いだったと思っているんでしょう？」

　ドーラのブラウンの目は疑惑と疑問に満ちていた。ニューヨークでは彼女に簡単に嘘をつけたのに、今はむずかしい。場所のせいなのだろうか？　それとも、ドーラのことがわかってきたから？　彼女はもはや雇い人ではない。ひとりの人間なのだ。

カリールはドーラのうなじに手を滑らせて引き寄せた。「間違いだなんて思っていない」

「つまり、まだわたしを愛しているってことね」ドーラはほっとしてささやき、目を閉じた。

「そこまでよ！」

厳しい声が静けさを破った。はじかれたように退いたカリールの真横に、ファティマが立っていた。ドーラの腕をとり、ハーレムに連れていく。カリールは一歩足を踏みだした。だが、ドアの向こうは男子禁制だ。子供のころから一度もハーレムに足を踏み入れたことはない。今夜も例外ではないのだ。

ののしりの言葉をのみこんで、カリールは静かに廊下からバルコニーに出た。慣れ親しんだ海のにおいとエル・バハール独特の香りを吸いこむ。

「おまえの立場だったら、ぼくだって惨めな気持になるよ」聞き慣れた声が言った。

カリールが顔をあげると、長兄のマリクがバルコニーに立っていた。

「結婚してまだ三日目なのに、もう妻を失ってしまったわけだからな」

「ああ。父上にかけあってみるよ」

「よけいなことは言わないほうがいい」マリクは注意した。「父上はおばあさまには逆らえない。この問題に関してはね」

マリクの言うとおりだ、とカリールは思った。だが、いらだたしさはおさまらなかった。

マリクは弟に近づき、肩に手を置いた。「ともかく、おまえはすばらしい選択をしたと思うよ。アンバーはプリンセスの器じゃない」

そう言うと、マリクは去っていった。アンバーよりも兄のほうが、一夜の出来事を忘れられないのだろうか、とカリールは考えた。

8

ドーラは目の前の図をじっと見つめた。エル・バハール政府閣僚の役職名だけが記されている。彼女は左から右に、順々に閣僚の名前を埋めていった。

ファティマは目を輝かせた。「覚えが早いわね。孫息子たちの結婚相手は知的な女性であってほしいと願っていたの」

「ありがとうございます」

ドーラはファティマと並んでソファにかけていた。ハーレムでの暮らしは十一日目に入っていた。あと三日で挙式だ。なにもかもが目新しかったが、ずっとここで暮らしているように感じられる。時間をさかのぼったような妙な感覚だ。

「次は歴史よ――」若い女官のリハナが紅茶とひと口大のサンドイッチをのせたトレイを運んできたので、ファティマは言葉を切った。「もう四時なの？」皇太后はエレガントな腕時計に目をやった。「あっという間に時間が過ぎてしまったわ」

リハナは立ちどまった。「あとでお持ちしましょうか？」

「いいえ、いいわ」においをかいだファティマの美しい顔に笑みが広がる。「大好物のシナモンスティック入りの紅茶ね」

リハナはトレイを置いて、ソファの前のテーブルに紅茶やサンドイッチを移した。毎日午後にくり返される儀式だ。ドーラは立ちあがり、部屋の奥にあるバルコニーに行った。

宮殿のほかの居住区域やオフィスと違って、ハーレムは海に面していない。正面は庭園だ。最初の夜、ドーラはファティマにハーレムのなかを案内された。入り組んだつくりになっているのは、女性の好みを反映すると同時に、彼女たちが逃げだせないようにするためだった。ベッドルームは大小いくつもあり、国王との関係で大きさが決まったらしい。共同のバスルームは、人魚と水夫の官能的なモザイク模様だ。蛇口は純金で、手鏡の裏には大きな本物の宝石がちりばめられている。

社交室の出入口はアーチ型で、ほとんどドアがなく、開放的だ。ドーラは秘密の階段も教えてもらった。のぼっていくと、小部屋があった。その昔宦官がハーレムの美女たちを監視し、国王が夜の相手を決める部屋だったという。

ハーレムには熱帯植物の庭園や、小さなイギリス式庭園もある。園内の木々には数羽のおうむがとまっていた。かつては何十羽と飼われていたらしい。女性の声を聞こえないようにし、男性が気をそそられるのを回避するためだったという。さらに、戒律を破った女性が鞭で打たれたとき、悲鳴がもれないようにするためでもあった、とファティマは小声で教えてくれた。

ドーラは今、その庭園に立っていた。わたしは二十一世紀を生きる女性。昔の女性たちとはまるで違う。人生のただひとつの目的が、国王の歓心を買うことだったなんて……。いいえ、たいした違いはない。わたしだってプリンスの気まぐれに翻弄(ほんろう)されている。この十一日間、衝動的に結婚した男性と顔を合わせるのは、家族とのディナーのときだけだ。ふたりきりになったことは一度もない。

昨夜のカリールの熱いまなざしを思いだし、ドーラは身震いした。あのときはそのおかげでなにも喉を通らなくなってしまった。見返すことしかできず、ダークブラウンの瞳に見入られたまま、なぜ彼の気持を疑ったのだろうと考えていた。

カリールのまなざし、言葉、触れ方。どれをとってもわたしを心から求めてくれているのがわかる。愛情があるのかどうかはいまだにはっきりしないけれど、今は求められるだけで十分だ。あと三日で伝統にのっとった結婚式だ。伝統的な儀式がとり行われるのだろう。

外に通じるハーレムのドアが静かに閉まる音を聞き、ドーラは部屋に戻った。ファティマはふたり分の紅茶を注(つ)ぎ、皿のサンドイッチを分けていた。

「エル・バハールがイギリスの統治下だったことはありませんよね」ドーラはソファにかけて言った。「なのに、なぜ紅茶を？」

ファティマはほほえみ、優美なボーンチャイナのカップをドーラにさしだした。「文明の所産だからよ。エル・バハールはアメリカの統治下だったこともないけれど、電球を使っている。電球は、確かトーマス・エジソンが発明したのよね」

「確かに」ドーラはミルクを入れてかき回し、熱い紅茶をすすった。

ファティマはきれいに結いあげたシニョンに軽く手を触れた。「ここ数日のあいだに、エル・バハールの歴史をよく勉強したわね」

「貸してくださった本がとてもおもしろくて。祖国となる国について、できるだけ知りたいんです」

鋭いダークブラウンの目が、考え深げにドーラに向けられた。「ドーラ、わたしは世界じゅうを旅行したわ。あなたの国にも行ったことがあるから、アメリカの文化についても少しは知っている。あなたは頭がよくて、言葉づかいも上品だわ。几帳面で、指導者としての資質があると思うの。アメリカでは、女性にもビジネスの門戸は開かれているんでしょう。なのに、なぜカリールの秘書に？」

ドーラはカップをテーブルに置いて、手でスカートを撫でつけた。「なぜ会社の重役になれなかったかってことですね？」

「そうよ」

「わたしは学士号を持っていません。奨学金で行っていた四年制の大学を中退してしまい、代わりに短期大学を卒業したんです」

ドーラは間を置いた。忌まわしい過去を打ち明けるべきだろうか？　ファティマは思いやりがあって親しみやすいが、高貴な生まれで育ちのいい女性だ。わたしがスキャンダルに巻きこまれたわけなど理解できないだろう。

「大学に戻って学士号をとろうとは思わなかったの？」

ドーラは唇を引き結んだ。そうしたかった。屈辱感と苦しみがおさまったら、ロサンゼルス付近の大学に入学したいと思っていた。時がたてば、スキャンダルなんて覚えている人はいないだろう、と。

「またたく間に時が過ぎてしまったんです」ドーラはそれしか言えなかった。

ファティマはドーラを見つめていた。ドーラは心を読まれているかのように感じた。だから、ファティマに問題の核心をつかれても、特に驚かなかった。

「男って奇妙な生き物なの」ファティマはついに口を開いた。「弱い男は問題から逃避して世間のせいにする。強い男は責任回避はしないけれど、自分の足りない部分を補ってくれる人が必要だと認めようとしない。彼らは手に入らないとわかると、それをほしがるものだから、大切な人を失ってみて初めて、その人の必要性に気づくのよ」

ドーラはほほえんだ。「だから、わたしにハーレムで暮らすようおっしゃられたんですか？」

「まあね。自分の妻はすばらしい女性だとわからせるために、カリールには荒療治が必要だと思う？」

ドーラはファティマの言葉にうれしくなると同時にその質問に不安を覚えた。「必要でないといいんですが」

ファティマはクレソンのサンドイッチを食べ終えると、リネンのナプキンで手をぬぐった。「ハーレムであなたと暮らすのは楽しいわ」

ドーラは豪華な部屋をさっと見渡した。「想像以上にすてきなところでした」そう言って、にっこりする。「教えていただいたことは、予想とはだいぶ違っていましたけど」

「性の秘めごとを教えられると思っていたのね。そっちは急がなくていいわ。結婚して一、二年は情熱が持続するでしょう。思いきり愛しあって心の絆を結ぶことね。最初の子供が生まれたら、男女について、愛しあい方について教えてあげるわ。古代の秘密はそれまでおあずけよ」

ファティマのあからさまな言葉に、ドーラは顔が熱くなった。本当にそんな秘密があるの？　それでカリールをベッドに引きとめられるのかしら？　たった一度だけ愛を交わした夜が頭に浮かぶ。情熱的ですばらしかった。彼の腕に抱かれたとき、これ以上すばらしいことがあるかしらと思った。あのときの熱い一夜が忘れられない。彼の手や舌が――。

「なぜカリールと結婚したの？」ファティマはずばりときいた。

空想にふけっていたドーラは、はっとわれに返った。からだをこわばらせ、ファティマをじっと見る。

「くどかれたんです」ドーラはうっかり口走った。「わたしはカリールにとても引かれていました。でも、彼の眼中にないと思っていました。機能的なロボットだと思われているって。でも、違ったんです。きみがほしいと言われて、拒めませんでした」

「そういうことだったの」ファティマの目は無表情だった。「カリールって扱いにくいのよ。兄たちや父親を見ればわかるでしょう。女性の心なんてまるでわかっていないの。あなたは嵐をしのぐ葦のようにしなやかにならないと」ため息をつく。「陳腐な言い方だけど、事実なのよ。カーン一族の男性は最高の指導者で、名誉を重んじる。でも、傲慢で頑固なの。あまりに頑固だから、わたしは夫をフライパンでたたいてやりたいと思ったことが何度もあったわ」

ドーラは、ファティマの打ち明け話に返す言葉がなかった。美しく着飾った細身の皇太后が大きなフライパンを持って、部屋から部屋へ頑固な夫を捜す様子を思い浮かべる。

「カリールは夫として不足はないはずよ。でも、妻もそれなりに立派で強くなければいけない」ファティマは続けた。「そうなってちょうだい。今は実感できないかもしれないけれど」

ドーラはなにも言わず、つばをのみこんだ。さすがにファティマは鋭い。わたしの心を見ぬいた。わたしはカリールにも、新しく授かった称号にもまるでふさわしくないと感じている。葦のように嵐をしのげる自信もない。わたしの性格からして、闘うこともできないし、かといって黙ってしたがうこともできない。

ファティマは話題を変えた。月末にふたりで出席する予定のチャリティ・ファッションショーについてだった。ドーラは喜んで耳を傾けた。むずかしい質問――なぜカリールは彼女を妻にしたのかは尋ねられなかった。結婚したのは事実であり、結婚証明書も指輪もある。彼の目には確かに情熱が燃えていて、疑いようがない。でも、それだけではカリールがドーラを選んだ理由の説明にはならない。

ドーラは手を染めるヘンナを見つめていた。黒っぽいレースのような複雑な模様が、てのひらから指一本一本に広がっていく。

ファティマはドーラの手の甲をさすった。「花嫁は、ヘンナがすっかり消えるまで家事をしないのが決まりなのよ。ヘンナが消えるまでがハネムーンなの。昔から若い花嫁はヘンナを長持ちさせようと、水に濡らさないように気をつかったものよ」やさしくほほえむ。

「でも、あなたはそんな心配をする必要はないわ。プリンセスなんだから、キッチンで働かせたりしない」

「さあ、どうかしら」ドーラは冗談を言った。「わたし、じゃがいもの皮むきが得意なんです」

ファティマは笑みを見せなかった。「心がけ次第であなたはなんでもできるのよ。それを忘れないで。簡単にあきらめないこと」そう言って立ちあがる。「老人のたわごとだと思うでしょうけど、忘れないで。さあ、立って。顔をよく見せてちょうだい」

ドーラは言われたとおりにした。ファティマと同じように、伝統的な衣装に身を包んでいる。下着はシルクのスリップだけで、その上に長袖のドレスを着ている。ウエストまではぴったりからだにフィットしているが、床まで届くスカートはゆったりしている。ドレスの上には、刺繍が施された長いローブをまとっている。髪はリハナが結ってくれた。アップにして、ダイヤモンドの髪飾りでとめてある。

ほっそりしたからだをブルーとグリーンのローブに包んだファティマは、ドーラのまわりを回った。「すてきだわ。このウェディングローブは百年以上前のものなの。わたしもこのローブで式をあげたのよ」

ドーラは鏡に映った自分の背中を肩越しにさっと見た。エル・バハールの伝統では、花嫁はウェディングローブに自分を象徴する小さな模様を入れるらしい。王室では、花婿がその模様を選び、花婿の家族の女性が縫いこむという。ファティマは何日か夜なべしてローブに模様を刺繍してくれた。

ファティマは、ちょうどドーラのウエストの右側にある、枝がたくさんついた木の模様を撫でた。「これはわたしの故国バハニアのシンボルなの。あなたにはなにがいいか、いろんな意見が出たわ」ファティマは笑った。「ジャマールはエルビスがいいと言うし、マリクはアメリカ国旗がいいと言った」

国王はそのどちらにも賛成しないだろうと思い、ドーラは尋ねた。「カリールはなにを選んだんですか?」

「これよ」ファティマはローブの縁に縫いこまれた小さな花を撫でた。「カリールは砂漠の薔薇がいいって。そして葉の一枚を砂漠の山猫の足跡みたいにしてくれって言ったの。エル・バハールにそんな動物はいないから、なんて変わったことを言うのかしらと思ったわ」

ドーラは顔が熱くなった。愛を交わした夜を思いだす。カリールはわたしを、初めは砂漠の薔薇に、そのあと砂漠の山猫にたとえた。

「おもしろいですね」ドーラはファティマと目を合わせずに言った。

「ファティマはドーラの正面に立ち、頬にキスをした。「怖がらないで。強くなるのよ。そして、自分の心を信じて正しい道を歩めば、心から望んでいることが実現するはずよ」

ファティマはそう言い、ドーラの目の下にまっ白な薄いベールをかけて部屋を出ていった。

ドーラはハーレムの部屋のなかにひとりたたずんでいた。この一カ月に起きたことが信じられなかった。

部屋の反対側にある大きな鏡に姿を映そうと思い、ドーラはゆっくり振り返った。そこに見慣れた三十歳の女性はいなかった。伝統的なウェディングローブをまとった見知らぬ女性が映っている。肩から爪先まで重厚なローブに包まれ、目の下は薄いベールに覆われているので顔だちがわからない。一カ月前の臆病な姿はどこにもなかった。

ファティマは保証してくれた。強くなって自分の心を信じて正しい道を歩めば、心から望んでいることが実現する、と。ヘンナに染められた手を組みあわせ、肌に爪がくいこむほどきつく握りしめる。わたしが心から望んでいるのは、真実の愛を見つけること。愛し愛されて、子供をもうけ、その子を育てること。そして、すばらしい男性と年を重ねていくこと。お金も称号も権力もいらない。温かい愛にあふれた結婚の喜びだけがほしい。

誰もが願うことだ。欲ばっているわけではないわ。

「緊張している？」

目をあげると、鏡に若い美女が映っていた。いつハーレムに入ってきたのだろう？

ドーラは振り返って、小柄な黒髪の絶世の美女を見た。見事なからだの線を強調した、金と白のきらきらしたドレスを着ている。見覚えのある端整な顔には厳しい表情が浮かんでいた。ドーラは女性をじっと見つめて記憶をたぐった。そして、ふと思いだした。ニューヨークのブティックでカリールと言い争っていた女性だ。

「会うのは初めてよね」若い女性は言った。ドーラに近づいてきたが、握手を求めるそぶりはない。「わたしの名前はアンバー。カリールのフィアンセよ」言葉を切ると、つきだした唇に指をあてた。手入れの行き届いた長い爪はまっ赤に塗られている。「いけない。口が滑ってしまったわ。元フィアンセって言うべきだったわね」

重いシルクのローブで隠れているとはいえ、ドーラの体型は目の前の若い美女のそれの足もとにも及ばない。アンバーの容姿はまさに理想的だ。なぜカリールはこんな美女に背を向けて、わたしと結婚したのだろう？

「口がきけないの？」アンバーはハスキーな声できいた。

「いいえ、違うわ。あなたに会って驚いただけ」

「でしょうね」アンバーは意味ありげな笑みをドーラに投げかけて、ゆっくりと彼女のまわりを回り始めた。「びっくりだわ。想像とは大違い。カリールが選んだ女性だというから、もうちょっと……」そう言って右手を振った。

アンバーの豊かな髪は頭のてっぺんに高く結いあげられ、大きなダイヤモンドがいくつも輝いている。ドーラはそれを見つめながら、自分の髪飾りに手をやった。そのとき、アンバーのドレスがウェディングローブとよく似ていることに気づいた。アンバーのローブのほうが生地が薄く、からだの線を強調している。だが、それにしてもよく似ている。なにからなにまでそっくりだ。ドーラの心は沈んだ。

「なぜ結婚式に来たかってこと?」アンバーはしらばくれた。「父が首相で、王室ととても親しいのよ。つまり、きわめて大切なゲストなの」

アンバーはブラウンの目を意味ありげに光らせ、ドーラのまわりを回り続けた。

「みんなが不幸になるわ」アンバーは続けた。「わたしが悪かったのよ。ニューヨークでカリールとけんかさえしなかったら、こんなことにはならなかった」間を置き、目を伏せる。「痴話げんかにすぎなかったのに。なんて浅はかだったのかしら。カリールがわたしの人生を支配しようとするから、もう我慢できない、おしまいよって言ってしまったの」

アンバーはドーラを見すえた。「カリールはものすごく怒ったわ。だからわたしは去った。彼は追ってこなかった。わたしへの仕返しにあなたのもとに行ってしまったの。バージンの待つベッドにね」

ドーラは身をこわばらせた。なぜアンバーは知っているの? わたしが――。

「カリールが教えてくれたわ」アンバーはドーラの心のなかを読んだかのように言った。「なにもかも。バージンだったと知って動揺した彼の気持、想像つくでしょう? カリールはとても名誉を重んじる人なの。だから、責任をとってプロポーズしたわけよ。もちろんカリールもわたしも、あなたが受けるなんて思わなかった」

ドーラは凍りついた。目の前の美女は嘘をついている。そうに違いないわ。

「彼のほうが結婚を迫ったのよ」ドーラは急に乾いてきた唇から無理やり言葉を吐きだした。

「そう?」アンバーは物憂げにきいた。鏡の前に立って、きれいに結いあげた髪に軽く手をやる。「カリールは説得力があるものね。でも、あなたが彼の言葉を信じたおかげで、みんな困っているの。父はとり乱してしまうし、国民だってそう」

ドーラは一歩あとずさりした。頭のなかがまっ白になる。ここから逃げだしたかった。

アンバーは悲しげにほほえんだ。「わたしたちはまだ愛しあっているの。わたし、どうしたらいいのかしら」

鏡のなかでふたりの視線が合った。

「カリールはあなたを愛していないわ」ドーラは震えながら言った。こんなことになるなんて信じられない。

アンバーは振り返って、ドーラと目を合わせた。端整な顔には同情の色が浮かんでいる。

「ドーラ、あの最初の夜以来、一度でもカリールと愛しあった?」

ドーラは口を開いたが、言葉にならなかった。黙って頭を振る。

「エル・バハールに来てから、あなたと一緒にいたことは?」

「わたしはハーレムにいたから」ドーラはやっとの思いでそう言った。

アンバーは肩をすくめた。「カリールは父の家に忍びこんできたわ。街の反対側にあって、宮殿と同じように警備が厳しいにもかかわらずね。彼にその気があれば、ハーレムに行けると思わない？」

ドーラは顔が熱くなるのを感じた。目が焼けるようだ。だが、涙は流したくなかった。アンバーが言ったことは本当なの？　信じたくない。でも、詳しく知りすぎている。カリールが打ち明けたの？　ドーラはそう考え、屈辱感で胃がねじれそうだった。

「わたしたち、毎晩一緒だったわ」アンバーは静かに言った。「お互いに夢中なの」ため息をつく。「彼は情熱的で、満ち足りたあとも目は熱く燃えたままよ」

ドーラは涙がこみあげてくるのを感じた。アンバーの言葉なんて信じたくない。でも、事実が多すぎて、反論しようがない。アンバーは毎晩カリールとベッドをともにしているから、彼がわたしのもとに来ていないとわかるんだわ。わたしがカリールと愛しあったのは一度だけ。彼の目は情熱に満ちあふれていたけれど、それはアンバーに対してのものだったの？

こんな状況に置かれなければ――カリールと一緒にいられたら、事実がわかったはずだ。でも、顔を合わせるのは、家族とのディナーのときだけ。彼と離れ離れになって二週間になる。新妻を深く愛している男性がとる行動ではない。

前々から心の片隅ではカリールの言葉に疑問を持っていた。彼がわたしに心を奪われるなんてことがあり得るかしら、と。わたしは男性が情熱を抱くようなタイプではない。ごく平凡で……アンバーとはぜんぜん違う。

ドーラはウェディングローブを指さした。「じゃあ、なぜ彼は結婚式をあげるの?」

「選択の余地があると思う?」アンバーは苦々しい口調でぴしゃりと言った。「あなた、カリールに逃げ道を与えなかったでしょう? 一度でも人の気持を考えたことがある? 彼は仕方なく結婚する羽目になったのよ。あなたにつけこまれてね。まったく強欲で自分本位な人ね」

ドーラはまた一歩あとずさりして、静かに言った。「そんな、違うわ。わたしは――」

アンバーは手を振って、ドーラの言葉をさえぎった。「わたしたちが事実を知らないと思ってるの? 結婚直後にブティックで服を買いまくったでしょう。何千ドルも。その結婚指輪や宝石はどうなの?」

「宝石なんて持っていないわ」ドーラは弱々しく言い返した。「髪飾りはファティマのものよ。服だって、わたしがねだったわけじゃない」

「ねだらなかったとしても、受けとりはしたでしょう。なにも拒否しなかった」

なんてひどいことを言うのかしら。ドーラは粉々になったプライドにすがって涙をこらえた。服を買うように言ったのはカリールよ。わたしは買物になんて行きたくなかった。

アンバーがなんと言おうと、わたしは事実を知っている。

「あなたは間違ってる」ドーラは言った。

アンバーはドーラをにらみつけた。「わたしが？　あなたにもそのうちわかるわ。カリールを陥れて結婚したって、喜んでいられるのは今だけよ。いずれあなたに対する義務感より、わたしに対する情熱のほうが強くなって、彼はあなたのもとを去るわ。エル・バハールはこの五十年でとても進歩したの。離婚だって驚くほど簡単になった……プリンスだってできるんだから。宮殿の暮らしって大変よ。あなたに耐えられるかしら？」

「彼は離婚なんてしないわ」ドーラは小声で言ったものの、心のなかでは大いにあり得ると思った。

「期待しないことね。わたしはカリールをよく知っている。魂の底までね。彼の心をとらえているのはわたしよ。あなたは自分がそうだって自信を持って言える？」

アンバーはそう言うと背を向けて、入ってきたときと同じように静かに出ていった。ドーラはアンバーの後ろ姿を見つめた。苦しみが押し寄せてきてドーラの胸をずたずたに切り裂き、彼女を現実の世界に引き戻した。わたしの望み、願いはすべて幻だった。カリールはわたしを求めてはいない。わたしなんかほしくなかったのだ。ほんの出来心で間違いを犯したにすぎず、本当は結婚などしたくなかったのだ。なぜわからなかったの？

「プリンセス・ドーラ」

ドーラが顔をあげると、リハナがハーレムの入口に立っていた。

若い女官はドーラにほほえみかけた。「いらしてください。お式が始まります」

9

カリールとドーラを前にした老齢の聖者は古代の言葉を話していた。広々とした部屋にはキャンドルがともされ、まわりには何十人もの人々が厚いクッションに座っている。しかし、ドーラは深い苦しみの世界にいた。

カリールに片手をとられて話しかけられても、ドーラの頭のなかにはアンバーの言葉しかなかった。嘘よ。みんな嘘に違いない。アンバーは真実を語っていない。あれが真実であるはずがない。カリールは確かに言った。わたしと一緒でなければ帰国できないと。そうよね？　ドーラは指先でこめかみを押さえて、愛を交わした夜……そして翌朝の出来事を思いだそうとした。わたしの誤解だったの？　そんなことがあるかしら？　彼のプロポーズは礼儀にすぎなかったの？

違う。わたしは冗談だと思ったのに、カリールはくどき続けた。わたしを納得させようとした。服を脱いで、欲望のしるしを見せてくれた。あれはわたしの想像の産物じゃない。裸の男性を見たのはあれが初めてなのだから、想像などできるはずもない。わたしがほしくなければ、あんなふうにはならないんじゃないかしら？　男性の心理はよくわからないけれど。それとも、彼はほかの理由で熱くなっていたの？　アンバーのことを考えてとか？　じゃあ、わたしのベッドに来たのはなぜ？

聖者は話し続けていた。不意に部屋が傾き、回りだした感じがしたかと思うと、ドーラはカリールにベールをよけられ、唇を重ねられた。

熱い感触に、ドーラははっとわれに返った。驚いて身をこわばらせ、彼の唇の懐かしい感触に心を奪われてはいけないと自分に言い聞かせた。苦しみと混乱のなかにいるというのに、カリールの唇に軽く触れられただけで、からだじゅうが燃えてくる。キスを続けられたら、どこかに触れられたら、それだけで彼を拒否できなくなりそうだ。

ドーラはカリールを求めている自分が怖かった。ふたりはまだ一度しか愛しあったことがない。なぜこんな短いあいだに、わたしは変わってしまったの？　以前の自分に戻るにはどうしたらいいの？　彼に弱みを見せてはいけない。強くならなければ。

カリールが顔をあげると、人々に歓声を送られた。ベールをもとに戻してにっこりする。

「これで公に妻と認められた。砂漠の薔薇（ばら）よ、感想は？」

ドーラはカリールの顔をうかがった。望みがかなって幸せだというしるしを見つけたかった。しかし、表情が読みとれるほど彼のことを知っているわけではない。推測するしかないのだが、なにからなにまで疑わしく思えてくる。

「カリール？」

カリールは答えを返す前にドーラと引き離され、大勢の男性に部屋から連れだされた。ドーラも大勢の女性に反対側から連れだされる。あっという間にふたりはさらに大きな部屋に連れていかれた。何十もの大きなテーブルが用意されている。ふたりは中央のテーブルに並んで座らされた。目の前には豪華な料理が並んでいたが、ドーラは食事をする気分にはなれなかった。

ドーラは周囲に注意を向けた。すばらしい部屋だ。十メートル近い高さのアーチ型の天井からつりさげられた古代のタペストリー。海を望むバルコニーに通じるドアや大きな窓。部屋の隅やテーブルにふんだんに飾られたみずみずしい熱帯の花々。

部屋は談笑する声であふれ返っていたが、ドーラの心は沈んでいた。彼女はカリールが皿に盛ってくれた食べ物には目もくれず、少しずつワインをすすった。

「静かだね」カリールは周囲の騒音にかき消されないようドーラに身を寄せて言った。「式は期待はずれだった？」

「とんでもないわ」ドーラは咳払い（せきばら）いをした。今はアンバーに聞かされたことを問いつめるべきではない。「ただちょっと頭が痛くて」

カリールのダークブラウンの目が輝いた。「すぐによくなりますように。砂漠の山猫に会えなくて寂しかったんだ。今夜また会おう」ドーラの腿のあいだに手をさし入れ、そっと撫でる。「待ち遠しかった」

ドーラはカリールを見つめた。なにを信じていいのかわからない。でも、一番敏感なところを撫でられると、なにも考えられなくなった。からだに震えが走り、胸がうずく。脚を開いて、解き放たれるまで愛撫してもらいたくなる。彼の言葉がすべて嘘であっても、わたしは彼のとりこになるに違いない。そんなの耐えられない……けれど、もはや逃れられない状況になってしまった。

ドーラは食事のあいだじゅう苦しみ続けたが、なんとか笑みを絶やさず、平静を装っていた。デザートが配られたとき、カリールがまた身を寄せてきた。

「今ぬけだしても、みんな許してくれるさ。今夜のきみの荷物はリハナが用意してくれた」

ドーラは目をぱちくりさせた。「荷物？　今夜のって？」

カリールはゆっくりと物憂げな笑みを浮かべた。「ハーレムで二週間過ごしたのに、伝統にのっとった初夜のことを、祖母から教えてもらわなかったのかい？」

ドーラは無言でうなずいた。

「だったら、あとのお楽しみだね」

カリールが立ちあがると、音楽のテンポが変わった。リズムが激しくなり、ボリュームがあがる。即座にふたりは注目の的となった。

「もうぬけだそうっていうのかい？」テーブルの反対側にいるマリクが声をかけた。「まあ、おまえは昔からせっかちだからな」

「遠くに行かなきゃならないんだ」カリールが言い返した。

「彼女が怖くなって逃げだすといけないから、かい？」ジャマールが冗談を言った。少なくともドーラには冗談だと思えた。場がわき返ったからだ。

カリールはジャマールの言葉を無視し、ドーラの手をとってドアに向かった。しかし、何十人もの人々に行く手をさえぎられた。男性たちは祝福の言葉をかけ、女性たちは親しげな、あるいはねたましげな顔でドーラにほほえみかける。ドーラは状況が理解できず、ただ呆然(ぼうぜん)としていた。

部屋を出ようとしたとき、アンバーがふたりの目の前に現れた。ドーラは夫がからだをこわばらせたのを感じた。これで疑惑は明らかになった。アンバーに対して明らかに強烈な思いを抱いている証拠だ。

アンバーは芸術作品の彫像のように美しかった。無言で見あげた目には涙をためている。

「カリール、愛しているわ」アンバーは静かにささやいた。

ドーラは胸にナイフをつきたてられた気がした。黙っていなければ。口を開けば、大声を出してしまいそうだ。どうしてこうなるの？　わたしはなぜこう愚かなのかしら？　これで二度目の過ちじゃない。

カリールは無言でアンバーを押しのけた。数分後、気づけばドーラは四輪駆動車の助手席に座っていて、宮殿から遠ざかりつつあった。

「カリール？」

カリールはリラックスした様子で運転していた。「気を楽にして。そう遠くに行くわけじゃない。目的地まで馬に乗っていくのが伝統なんだけど、きみはまだ無理だろうからね」

「馬で？」

カリールはにっこりした。「ああ、そうだよ」

何度かカリールの言葉をくり返してみて、ようやくドーラは理解できた。新郎と新婦は馬でどこかに行くのが伝統らしい。「どこに行くの？」

「行けばわかるよ。丘の上さ」

ビルのあいだを猛スピードで通りすぎていく。右も左も街並みが続いているが、正面は荒野だった。

「ここは全部王室の土地なんだ」カリールはそう言うと、伝統的な頭飾りをとって後部シートにほうり投げた。彼はドーラのものより少し色の濃いローブを着ていた。背の高さとたくましさが強調され、ドーラは自分の弱さを痛感した。戸惑いと愚かさも。「街の大半は王室の所有地だけど、百年単位で政府に貸与している。無料でね。でもこの地域は王室所有のままで、開発されていない」

　ドーラはあたりの景色を見回した。広大な砂漠には人を寄せつけない未開の美しさがある。宮殿を出て十分足らずだというのに、ふたりきりになってしまった感じがした。

　やがて丘の頂上に着いた。ゆるやかな斜面の下にはオアシスが見える。本や映画で見たことはあるものの、ドーラは本物のオアシスを見るのは初めてだった。砂地の中央に、鮮やかな緑色の植物が息づいている。濃い青の湖の周囲半分には椰子の木が並び、いたるところに草木が生い茂っていた。椰子の反対側の水際は動物が踏み荒らしたせいでぬかるんでいる。左手にはベージュの大きなテントがあった。

「今夜の宮殿だよ、奥方さま」カリールはからかうように言った。

　ドーラはじっとテントを見つめた。フラップのひとつが開いており、なかに入れるようになっている。カリールが車を近づけると、テントの後ろには何台かのジープがとまっていて、武装兵があたりをパトロールしているのが見えた。

「彼らはなんなの？」ドーラはぎこちなくきいた。

「残念ながら、現実の名残なんだ。新郎新婦は砂漠でふたりきりで初夜を迎えるのが伝統だ。王族は代々そうしている。だけど時代が変わって世の中が複雑になったため、護衛をつけなければならなくなったんだ」カリールは安心させるようにドーラの手を軽くたたいた。「心配ないよ。彼らは邪魔にならないように離れている。プライバシーは守られる」

砂漠のテントに護衛？　いつになったら普通の暮らしができるのかしら？　いったいなにを考えてカリールのプロポーズを受けたの？　なにも考えていなかったのだろう……カリールを信じたいばかりに、明らかなこと――彼のような男性がわたしみたいな女を求めるわけがないという現実に目をつぶってしまった。

カリールはテントの横に車をとめて外に出ると、回ってきてドアを開けてくれた。ドーラは黙って車からおりた。彼にしたがうほうが楽だった。

ふたりがテントに近づくと、護衛のひとりがやってきて、フラップを広く開けて押さえてくれた。そしてふたりがなかに入ると、彼はきちんとフラップを閉じた。

テントのなかにさらにテントがあった。ドーラはクリーム色と金色の不思議な世界に足を踏み入れた。厚いラグやタペストリー、数えきれないほどの深紅のクッション。隅の台座の上にはベッドがしつらえてある。

右手にはテーブルがあり、覆いをかけた皿が置かれていた。カーン一族はイスラム教徒ではないので、シャンパンがアイスペイルで冷やされている。ドーラはタペストリーに目を奪われた。テントのなかだというのに、異国の街の豪邸と間違えそうだ。

「すてきね」ドーラは言った。

「ぼくたちの旅の仕方はなかなかおしゃれだろう」カリールは陽気に言った。「千年以上前に修得したんだ」

カリールがドーラの後ろに来て、肩に手を置いた。彼女は理性を失いたくなかった。せめて大げさに反応するのはやめようと自分に言い聞かせた。だが、無理だった。無意識のうちに身をこわばらせ、さっと離れると、くるりとカリールのほうを振り返った。

「やめて！　さわらないで」ドーラは言い放った。

カリールは驚いてあとずさりした。「どうしたんだい？」ダークブラウンの目でドーラの顔をうかがう。「結婚式のせいで神経過敏になっているってだけじゃないらしい。なにかあったんだね」

「とても勘がいいわ。ぴんと来たんでしょう？」ドーラは皮肉っぽく言った。

カリールは眉をひそめた。「ドーラ、どうしたんだい？　なぜそんな態度をとるんだ？きみらしくない。いったいどうしたのか教えてくれないか」

ドーラはカリールを見つめた。ふたつの国で二回も結婚式をあげた相手を。「あなたはわたしをまったく知らない」静かに話し始める。「それはかまわないの。わたしだってあなたを知らないから」

カリールはもどかしげなそぶりを見せた。伝統的なローブをまとった姿は、いかにも砂漠の王国のプリンスといった雰囲気を漂わせている。喜んでわたしを妻に選ぶ人ではない。

「質問の答えになっていないよ。なにがあったんだい？」

「アンバーが来たの。今日……結婚式の直前に」

カリールは顔色ひとつ変えなかった。

「彼女は信用できない。無視するに限る」

「そんな単純な問題じゃないでしょう。なにを聞かされたか知りたくないの?」

「知りたくないね」

ドーラは引きつった笑い声をあげた。「わたしだって忘れてしまいたい。でもできないの。彼女の言葉が脳裏に焼きついていて」深く息を吸う。「カリール、アンバーはニューヨークで、あなたとけんかしたと言ったわ。わたしを……」間を置く。「あなたがわたしをくどいたのは、彼女に仕返しするためで、わたしに引かれたからじゃないって」

ドーラはカリールをじっと見すえて話した。アンバーが言ったことはすべて嘘だというしるしを見つけたかった。彼がいらだったり怒ったりするのを。抱き寄せて、〝ぼくはきみを愛している〟と言ってくれるのを。辛抱強く思いやりのある言葉で安心させてくれるのを。それからやさしく愛してくれるのを。

しかし、カリールは入口のほうに歩いていった。「なるほど」

そんな答えは聞きたくなかった。ドーラは胸が押しつぶされそうだった。急に寒気を覚える。なにか食べていたら、戻していただろう。だが幸い、胃は空っぽだった。

ふたりのあいだに沈黙が流れる。思わず醜い言葉がドーラの口をついて出た。

「わたしがバージンだと知って、あなたは動揺したそうね……」目が涙で熱くなったが、まばたきして払った。「だから責任をとってプロポーズをしたんだとアンバーは言ってたわ。まさかわたしが受けるとは思わなかったって」消えそうな声になる。「そして、アンバーと結婚するために、いずれはわたしと離婚するわけ」

「もういい！」カリールは怒鳴った。「アンバーは嘘をついている。全部嘘だ。その話は二度と口にしてほしくない」

　こんなに心が冷えきったのは初めてだ。ドーラは涙がこぼれるのをどうすることもできなかった。

「それはできないわ。真実を知りたいの」

「どうして？」カリールは振り返ってドーラを見た。「それでなにが変わるというんだい？　きみはぼくの妻だ。いつまでもね」

　ドーラは苦しげな声をあげて、厚いクッションにくずおれた。なにもかもアンバーの言ったとおりだった。「アンバーと一緒だったそうね……わたしがハーレムにいるあいだ、夜はずっと。彼女の家に忍びこんで、彼女と愛しあっていたそうじゃない。だから、わたしのところには来なかったんでしょう」

　カリールはつかつかと近づいてきて、ドーラの前に立ちはだかった。「きみのところに行かなかったのは、父と祖母の希望を尊重したからさ。ハーレムは男子禁制なんだ。ぼくは生まれたときから宮殿で暮らしているが、あのドアの向こうには一歩も足を踏み入れたことがない」腰に手を置く。「きみは論理的に考えられる女性だと思っていたけど、どうやら違っていたようだね」

ドーラの耳には、カリールの言葉はほとんど入ってこなかった。彼女は手で顔を覆い、流れる涙を抑えようとした。行かなければ。帰らなければ……でも、どこに？　誰のもとに？　わたしの人生は終わったのよ。すべてを失ってしまった。

「知りたいの」ドーラは小声で言った。

カリールはため息をついた。「いいよ。本当のことを言おう」かがみこみ、ドーラの顎に手をあてがって、無理やり自分のほうに向ける。「なにもかもだ。そうすれば、すべてがはっきりするし、わだかまりも解けるだろう。まっさらな状態から結婚生活をスタートさせるんだ」

カリールはドーラの顔から手を離し、テントのなかを行きつ戻りつし始めた。

「アンバーとぼくは子供のときに婚約させられた。父親同士の意向だった」カリールは適切な言葉を探すかのように間を置いた。「確かにニューヨークでアンバーとけんかした。だけどそれは、ぼくが彼女とは結婚したくないと言ったせいなんだ」

ドーラは顔をあげた。「なんですって？」

「結婚したくなかったんだ。アンバーは……」カリールは口ごもった。「良妻賢母というタイプじゃない。スキャンダルにならないように婚約破棄する方法を探していたとき、きみとジェラルドの電話を聞いた。ぼくは窮地からぬけだせると思った。きみは知的だし、冷静だ。プリンセスとしての義務を理解して、いい母親になってもらえそうだった。バージンだったしね」間を置く。「ぼくには妻が必要だったんだよ。そしてきみはぼくの妻にまさにぴったりの女性だった」

こんな話は聞きたくなかった。ドーラはそう思った。別の場所、別の時代に行ってしまいたい。胸がはり裂けてしまったのに、息ができるのはなぜ？　なぜ心臓の鼓動がとまらずに、血が流れ続けているの？　なぜ苦しみで死なないのかしら？

ドーラは残酷な真実を悟った。どんなに苦しくても、それで死ぬことはないということを。どんなにいやでも生きる運命にあるのだ。苦しみながらもひたすら生き続けなければならない。幸せも逃げ道も希望もないなかで。

「つまり全部嘘だったってことね」ドーラは重い口調で言った。「なにもかも。わたしをほしいと言ったこと、出会ったときからほしかったと言ったことも」話すのがつらくて、先を続けられそうもない。だが、なんとしても話さなければ。包み隠さず話しあう必要がある。真実に直面すれば、恐ろしくゆっくりではあっても、修復できるに違いない。「情熱なんてなかったのね。わたしと一緒じゃなければ帰国できないというのも嘘だった。わたしはあなたにとって特別な存在で、大切にされていると思ったわ。でもそれは錯覚だった」

わたしの人生は笑うに笑えない冗談になってしまった。

カリールはドーラの前で立ちどまった。「過ぎたことだ。いつまでもこだわる理由はない。確かにきみをその気にさせるために、大げさなせりふを口にした。きみとジェラルドの電話を聞くまでは、有能な秘書としか思えなかったから、特別関心なんてなかったけど、今は妻だ。うまくやっていくことはできると思う」

「うまくやっていく？　正気なの？」ドーラは立ちあがってきいた。

「あたり前だよ。ぼくはきみに誓った。それを破る気なんて毛頭ない」

「だけど、すべてが嘘なのよ。なにもかも嘘だったわけでしょう」ドーラは言い返した。

「きみは深刻に考えすぎる」

「あなたは軽く考えすぎだわ。あなたはわたしをもてあそんだのよ。だましたのよ」

カリールの口もとがゆがんだ。「きみがぼくを信じたかっただけだろう。おとぎばなしのプリンスがやってきて、寂しくてつまらない人生から連れだしてくれたと信じこんだ。きみだって自分に嘘をついた。ぼくと同じようにね」

ドーラはカリールをにらみつけた。「でもわたしは、あなたに嘘はつかなかったわ。自分の行動を棚にあげて、わたしをとがめるのはやめて」

「ぼくを愛していると言ったのはどう説明するんだい？　ぼくのことを知りもしないくせに」

「愛しているなんて言った覚えはないわ」

ドーラと目が合うと、カリールは落ち着かない様子で身じろぎした。重苦しい沈黙が流れる。わたしはカリールを愛しているなんて言っていない。気軽に口にできる言葉じゃないもの。彼の言うとおり、すべて本当である可能性を信じたかった。でもそれがそんなに悪いことなの？

「きみはぼくになにを求めているんだ？」カリールは尋ねた。「ぼくは確かに嘘をついた。愛しているふりをして、きみに結婚を承諾させた。だけど、ぼくらは結婚したんだ。せいいっぱいうまくやっていくべきじゃないかな。一から始めるべきだよ」ドーラに手をのばす。「ドーラ、なかには本当のこともあったんだ。きみはすばらしい妻になると思う。いい母親にもなれるだろう」きみのからだは子供を産むのにうってつけだし」

ドーラは息を吸いこんだ。わたしのヒップの大きさを持ちだすなんて。「お断りよ。妻になんかなりたくない。家に帰るわ」

「家って？　ジェラルドのところかい？」

「とにかくここだけはごめんよ。出ていくわ」

「きみに選択の余地はないんだ」カリールは近づいて、ドーラに手をのばした。

ドーラはさっとあとずさりした。カリールにからだを触れられたら、われを忘れてしまうと思ったからだ。

「やめて」ドーラは胸の前で腕を組んだ。考える時間が必要だ。

だが、カリールは時間をくれなかった。必死に考えをめぐらせているあいだにも、さらに近づいてきた。

ドーラはもう一歩あとずさりした。そしてもう一歩。いったいなにを信じていいのかわからない。カリールはわたしを望んでいなかった。求めていなかったのだ。都合のいいバージンだったからわたしを選んだにすぎない。そんな理由で結婚して、幸せが築けるはずがない。

でも、一番傷ついたのはそのせいじゃない。自分の愚かさに心が引き裂かれていた。ばかなことをやってしまった……また。一度目はジェラルドと。二度目はカリールと。ジェラルドのときは、寂しさのあまり彼をすっかり買いかぶってしまった。カリールのときは、甘い言葉に幻想を見てしまった。

「ドーラ」

カリールの温かな手が肩に置かれた。ドーラは悲鳴をあげて出口に走った。外に出たとき、砂漠のまんなかにいることに気づいた。家はどこ？　わたしの居場所はどこなの？　エル・バハール？　違う。ロサンゼルス？　それも違う。わたしはどこに行きたいのだろう？

カリールはドーラの腕をつかんでなかに引き戻すと、声を荒らげた。「二度とぼくから逃げちゃいけない」

「逃げたらどうするの？　幽閉する？　それとも、鞭で打つ？　よく暴力を振るってるんでしょう？」

ダークブラウンの瞳がきらりと光った。「きみに暴力なんて振るったことないだろう」

「でも、わたしを利用したわ」

「きみは利用されたかったんだろう？　ベッドに迎え入れてくれたじゃないか」

ドーラは顔がまっ赤になるのを感じた。必死に恥ずかしさをこらえる。「そんなこと、二度としないわ。離婚して。あなたから、この国から離れたい」

「無理だね」

「あなたに人生をめちゃくちゃにされてたまるもんですか」

カリールは冷ややかに笑った。「なにをめちゃくちゃにされるって？」嘲るようにきく。

「きみは空港で途方に暮れていたところを救われたんだ。なにも持っていなかった。フィアンセに置き去りにされて、仕事もお金もなかった。そんなきみをぼくが救ってやったんだ。結婚してぼくの国に連れてきてやった。きみの想像を超えた人生を送らせてやろうっていうんだ。富も権力も称号も手にできる。晴れてカーン一族の一員になれるんだ。それを忘れちゃいけない。ぼくの妻になるんだ。そして息子をたくさん産むんだ」

「あなたの子供なんて絶対に産まない。指一本触れさせないわ。離婚して」

「いやだ。きみはぼくのものだ」

「わたしは物じゃないわ」

「ぼくの妻だ。反抗するなんて間違っている。ぼくは必ず勝つ」

「無理よ。わたしは負けないわ」

「きみはぼくの妻だ。反抗するな」

カリールがなにをしようとしているかはわかっていたが、ドーラは素早く動けなかった。逃げようとしたときには、腕をつかまれて引き寄せられていた。

怒り、苦しみ、悲しみ、寂しさ、裏ぎられた思いが心のなかでないまぜになっていた。力がぬけて、闘う気力が失せていく。

「きみがほしい。ベッドに行こう」カリールはドーラの口もとでささやいた。

「無理やり連れていく気？　わたしの意思を無視して？」

カリールのダークブラウンの瞳が再び光った。「反抗するなと言っただろう？」

そう言うと、カリールはドーラにキスをした。初めて愛を交わしたときの、やさしくいざなうようなキスではなく、力ずくで奪うようなキスだった。

「やめて！」ドーラはカリールの肩を押してつき放そうとした。

カリールは唇を重ねたまま笑った。「抵抗してごらん。きみは砂漠の山猫だ。抵抗したあげく、ぼくは自分にふさわしい夫だと認めるだろう」

「そんなこと絶対にないわ！」

そうは言ったものの、ドーラはからだのなかにかすかな欲望が渦巻き始めるのを感じた。熱い炎が燃え始める。決意はもちろん、凍りついていた心の底までとかされそうだ。

カリールの舌が許可を求めるように下唇の上を動き続ける。ドーラは抵抗したかった。強くなるのよと自分に言い聞かせる。彼は最低の男よ。わたしを利用して傷つけた……それから……。

カリールは、ドーラのローブの前を合わせていた小さな結び目を解き、重いシルクの下に手を滑りこませた。彼女はかたくなった胸の頂を撫でられながらも、絶対に負けないわと心のなかで誓った。だが、唇を開いてしまったとき、カリールの舌が入りこんできた。

ドーラは最後にもう一度カリールをつき放したが、負けを認めざるを得なかった。カリールなんて嫌い、自分はもっと嫌いと思いながら、彼の首に腕を巻きつけて抱き寄せる。

ドーラは目を閉じた。カリールの勝ち誇った顔を見たくなかった。

ところが、カリールは満足げな笑みを浮かべることなく、唇を離してやさしくささやいた。「きみは妻だ。必ず守ってあげるよ」

カリールは本気でそれが可能だと思っていた。ドーラにとって一番危険なのが自分だとは、夢にも思っていなかったから。

10

「抵抗しちゃいけない」カリールはドーラの口もとにささやき続けた。「きみはぼくを求めているはずだ」

ドーラはカリールの腕のなかで身を震わせた。からだは反応していたが、現実から目をそむけようとした。ローブの前の小さな結び目を次々と解かれながら、彼の首に腕を回したまましっかりと目を閉じる。腕をおろされて肩からローブを脱がされても、断固としてカリールを見ようとはしなかった。

重いシルクが滑り落ち、足もとに折り重なった。ローブの下にはレースのドレスを着ていた。その下はシルクのスリップだ。伝統的な装いにおいてはパンティやブラジャーの着用は認められていない。カリールを前にして、ドーラはとても無防備な感じがした。

「ドーラ」カリールはドーラの頬を撫(な)でながら言った。「潔く服従するんだ。なぜこんな闘いに勝ちたいんだい？　どうなれば勝ちなんだ？」

「自尊心を失わなければよ」ドーラは目を閉じたままささやいた。

「そして冷たいベッド。それがきみの望むものかい？」

わたしが望むのは、愛情をかけてくれる男性との結婚だ。そういう結婚をしたのなら、尊敬してもらえ、愛してもらえただろう。ところがわたしは、嘘をつかれたのだ。

「あなたなんてほしくないわ」

カリールは指先でドーラのかたくなった乳首を撫でた。「からだは正反対のことを言っているよ」

ドーラは無意識のうちにからだを震わせ、ぱっと目を開けた。「自然に反応してしまうだけよ。お医者さまに膝をたたかれたら、足があがるでしょう。それと同じ。神経と心はつながっていないということよ。からだの反応は心とは無関係だわ」

ダークブラウンの瞳がくい入るようにドーラを見た。「うまいことを言うね。きみの理論を試してみようか？」

「どういう意味？」

「愛を交わしてきみのからだが反応したとしても、心のほうはなにも感じてないというわけだろう？」

「そうよ」

カリールはドーラの手をとり、ゆったりした長い袖を肘までまくりあげた。「こんなふうに触れて……」彼女の手首の内側から肘まで軽く指を走らせる。「反応したとしても、熱いストーブをさわったとき、とっさに手を離すのと同じだってことだろう？」

「ええ」からだの奥が震え始めたが、ドーラはなんとかこらえた。カリールがそばにいるだけで、彼に対抗することはおろか、頭を働かせることもできなくなってしまう。

カリールはドーラの手を引っくり返してじっと見ると、レースのようなヘンナの模様をたどった。「この模様のどこかに、ぼくの名前が入っているんだよ」

ドーラは目をしばたたいた。カリールの話……言葉は聞こえる。けれども、触れられていると、集中できない。神経系統が麻痺してしまって、肌に触れる彼の手の感触だけしか感じられないのだ。

「あなたの名前？」ドーラはぼんやりとくり返した。

「そうだよ。昔から、夫の名前をヘンナの模様に織りこむのが決まりなんだ」カリールはドーラを見た。ダークブラウンの瞳には熱い欲望がくすぶっている。「ドーラ、ぼくの名前はどこにある？」

「わからないわ」ドーラは声を震わせて答えた。「リハナが描いてくれたとき、見ていなかったから」

「じゃあ、探さなきゃならないね。手と足にしかヘンナの模様がないなんて残念だな」

残念だわ、とドーラもなんとなく思った。全身にヘンナの模様があればいいのに。そうすれば探す範囲が広がる。

カリールの指や舌が全身を走ると考えただけで、ドーラの脚は震えた。初めてベッドをともにした夜の感触がよみがえる。愛撫され、脚のあいだにキスされたときのことが。その感触や解放されたときの強烈な快感は忘れられない。すべて覚えているなんて間違っているし、意志の弱さを物語っているけれど、また経験してみたかった。

カリールはドーラをベッドに導いた。ベッドの前で立ちどまり、レースのドレスを脱がせる。膝丈のスリップ一枚だけになったドーラは、再び身を震わせた。ローブをまとい、激しい情熱を目にたたえたカリールが、得体の知れない謎の人物に見える。けれど、わたしはこの男性と結婚したのだ。彼に対する気持は定かではないし、彼がわたしと結婚した理由もわからない。わたしは断固彼を拒むと誓った。からだだって許さない、と。なのに、からだは信じがたいほど激しく彼を求めている。

強烈な欲望を抱きながら、立って息ができるのがドーラには不思議だった。からだはうずき、震え、とろけ、心の底からカリールとひとつになりたいという叫びが聞こえる。抵抗すべきだとわかっていた。自分の意志の弱さを悔やむ結果になるということも。でも、それ以上に彼がほしかった。

ドーラはベッドの端に座らされた。カリールが横に腰かけて、彼女の左手をとる。そして、てのひらを上にしてヘンナの模様をじっくりと見た。ヘンナの色は濃いオレンジブラウンだが、消えかかると少し赤みを帯びるという。白い肌に描かれた模様はエキゾチックだ。ドーラはそれを見ているうちに、いかに場違いな異国にいるかを思いだした。

カリールはドーラのてのひらを指先で軽くこすった。「ここにはぼくの名前はない。あるかい？」

わたしからは見えない、とドーラは答えたかったが、腕がぞくぞくして言葉が出なかった。カリールはドーラの手を引っくり返して撫でた。

「こっちにもない」カリールは小声で言うと、ドーラの指先に唇を押しあてた。

ベッドに座っていなかったら、ドーラは床に倒れこんでいただろう。からだから力がぬけていく。カリールにもたれかかって、うっとりとため息をつきたかったが、下唇を噛みしめて、このうえなく悩ましい感覚に耐えた。

カリールはドーラのてのひらから手首、腕の内側へと舌を走らせながら、ささやき続けた。一緒に時を紡いで未来を編みだしていきたい、きみはぼくのものだ、と。ドーラは上の空だった。ふたりの未来なんてない。わたしはカリールのものじゃない。そう思っても、彼の愛撫に夢中になっていた。

カリールはドーラの肘の内側に唇を押しつけた。たくましい手でドーラの背中を支え、彼女のからだを枕にもたせかける。彼女は抵抗したかったが、すでにプライドはどこかに行ってしまっていた。逃げださないのは、彼と再び愛しあわなければ生きていけないような気がしたからだ。後悔するかもしれない。けれども、自分を偽りたくなかった。

ドーラがベッドにからだをのばすと、カリールが覆いかぶさってきた。「ドーラ」熱くかすれた声でささやく。

ドーラのからだはうずいた。腿のあいだはすでに濡れていた。カリールのからだの重み、からだのなかを満たしてくれた彼のたくましさをまた感じたかった。

カリールの唇が肩から下におりていって、乳首をとらえる。ドーラは耐えきれなくなり、キスをしようとからだを起こして彼の頭をつかんだ。

ふたりの唇が熱く激しく重なった。ドーラはカリールのすべてがほしかった。無意識のうちに彼のローブの結び目を探る。カリールはローブとゆったりとしたシャツをさっと脱ぎ捨てた。そしてベッドから立ちあがってズボンを脱ぐ。

目の前に立った一糸まとわぬ姿のカリールは、とても美しかった。ドーラはそのたくましい胸板、盛りあがった筋肉、そして下腹部に見入った。

「言うんだ」カリールはベッドから少し離れたところに立って命令した。「はっきりと言うんだ。ぼくがほしい、と」

ドーラは首を振った。「言えないわ」

「ぼくがほしいんだろう？　それなら言ったらどうだい？」

カリールがほしいし、そう言いたかったが、ドーラは口にはしなかった。彼が近づいてくる。彼女は思わず手をのばしてカリールの高まりを手で包みこみ、その感触を味わった。

柔らかな皮膚の下に、欲望を示す強い脈動が感じられた。

ドーラはカリールのたくましい腿にゆっくりと手を滑らせていった。そうしているうちに、自らもさらに高まっていった。

カリールはいきなりかがんでドーラの右足に手をのばした。指先でヘンナの模様をなぞり、そっとくすぐる。彼女が身をよじらせて逃げようとしても、しっかりとつかんで放さなかった。

「言うんだ」カリールは命令した。ベッドにあがり、ドーラの足首のあいだに座る。「ぼくがほしいと言うんだ」

ドーラは黙ったまま首を振った。カリールにスリップをまくられて、腿の内側にキスされると、目を閉じた。膝が自然にあがり、脚が開く。下着はつけていないため、邪魔になるものはなかった。愛撫され、キスされ、あの快感と解放感を味わいたかった。

カリールはスリップのなかに頭を入れた。ドーラからは見えなかったが、もっとも敏感なところが唇と舌で熱く愛撫されるのを感じる。

初めてのときより興奮しているのは、先に待ち受けているものがわかっているからだろう。道のつきあたりには喜びがある。ドーラは息をつめて天国へとつき進んだ。

無意識のうちにカリールの舌の動きに合わせてヒップを動かしていた。息づかいが激しくなり、からだが熱くなる。怒りも苦しみもすっかり消えていた。ただ彼を求め、必要としていた。

カリールは舌の動きを速めてドーラを絶頂寸前まで導いたかと思うと、ゆるめてじらした。そして指を彼女のなかに滑りこませ、愛の行為をまねた。

息がつまり、欲望が高まっていく。早く安らぎがほしい。ドーラは腰を浮かせ、カリールの名前をうめくようにささやいた。どんどん絶頂に近づいていく。

カリールはいきなりからだを起こして、ドーラを座らせた。彼女は彼を見つめた。なぜやめるの？　ここでやめられたら死んでしまうわ。

ドーラのからだはますます熱くなった。飢えた獣が棲みついたかのように。カリールに手をのばしてさらなる愛撫を求める。彼のすべてがほしかった。

だが、カリールはその手を無視してスリップを引っぱり、頭から脱がせてほうり投げた。それからドーラの胸に視線を落とし、うれしそうに目を輝かせた。

「なんて愛らしいんだ」カリールはそう言うと、かがんで胸の頂を口に含んだ。

ドーラは胸とからだの中心がつながっているように感じた。胸の先端を愛撫されるたびに、脚のあいだが反応する。カリールに背中や胸を愛撫されるだけで絶頂に近づいていった。彼がほしくてたまらない。

「カリール、お願い」

カリールは顔をあげた。黒い髪が額にかかっている。その目には激しい欲望がたぎっていた。

カリールはふたりのからだのあいだに手を滑りこませ、ドーラがあえぐまで敏感なところを愛撫した。だが、彼女を絶頂に導く前にやめた。

「言うんだ」

カリールは悪魔だ、とドーラは思った。今わたしは彼に魂をさしだそうとしている。カリールがなにを求めているのか、なぜ気づかなかったの？「言えないわ」

「だけど、ぼくがほしいんだろう？」

ふたりは目を合わせた。ドーラは互いの胸の鼓動を感じた。おなかにかたい下腹部が押しつけられ、両手で乳房を包まれる。

ドーラは両手でカリールの頭を引き寄せてキスをした。唇と舌でほしいと伝えたが、言葉では言いたくなかった。

「ぼくの意志のほうが強い」カリールはドーラの口もとでうなるように言った。

「いいえ、わたしのほうが強いわ」

「嘘だ！」

カリールは起きあがり、ドーラのなかに入っていった。そして手をのばし、彼女の一番敏感なところを愛撫し始めた。

ドーラはこらえきれなくなった。どんどんのぼりつめていく。

カリールはドーラのからだが熱く燃えあがっているのを感じた。そしてそれは彼も同じだった。ゲームにのめりこみすぎたようだ。絶頂の渦に巻きこまれているドーラと同じように、竜巻のなかにほうりこまれていた。ぬけだそうにもぬけだせない。あと戻りできなくなり、彼女を抱きしめて名前を叫んだ。

快感が高まっていく。カリールは激しく、強く腰を動かし続けた。ドーラのからだがそれにこたえる。彼は彼女のなかで爆発せざるを得なかった。ふたりはともにからだを震わせて、嵐(あらし)のなかでわれを忘れた。

ようやく息づかいが落ち着くと、カリールは腕をついてからだを起こし、ドーラを見つめた。彼女は目を閉じたまま、唇を引き結んでいた。涙がこめかみを伝い、髪を濡らしている。

「ドーラ？」

「あっちに行って。あなたの勝ちよ」

「ふたりとも勝ちだ」そう言ったものの、カリールは、本当に勝ったのはドーラだと思った。ほしいと言わせることができなかったのだから。

ドーラがカリールの肩をつき放す。彼は彼女から離れた。ティーンエイジャーになったような妙な気がする。どうしたっていうんだ？

カリールから自由になると、ドーラはからだを起こした。「バスルームはあるの？」

カリールは、テントのなかにさげられたいくつかの布をさした。「あれの向こう側だ。シャワーがあるけど、水の量に限りがあるから気をつけて」

ドーラは無言でうなずいた。ベッドからおりると、服をとってからだを隠す。カリールは、ゆっくりと歩いていくドーラの姿を見守った。苦しげな重い足どりだ。傷つけてしまったのだろうか？　彼は頭を振った。ありえない。結局、彼女はしがみついてきて、互いに求めあったじゃないか。まったく女性というのは気まぐれだ。

ドーラがベッドに戻ってきたとき、カリールは枕を並べて上がけをかけていた。ドーラは涙の跡をすっかり洗い流していた。彼の隣に身を横たえたものの、寄りそうことなく、背を向けてちぢこまった。

「子供みたいだ」カリールは言った。

「ほっといて。あなたは望みどおりにしたわ。あとはどうでもいいでしょう」

カリールはドーラをじっと見つめると、さっと背を向けた。かまうものか。そういう態度をとりたいならとればいい。そうさ。ぼくは望みどおり、彼女と愛を交わした。あとはどうでもいい。

しかしカリールは、またドーラを抱きしめたくてたまらなかった。夜がふけるにつれて、ふたりのあいだがどんどん離れていくような気がした。まるで別々の国にいるみたいだ。ドーラが寝入ってから、カリールは彼女に寄りそい、腕を回した。しかし、眠っているドーラにはねつけられて、引きさがった。

　カリールの胸のなかに冷たい闇のようなものが広がった。いやな感じだ。軽率なふるまいをして、とり返しのつかないことになってしまった気がする。無意識のうちに、顔に手をあてて頬の傷跡に触れた。過去はくり返されるのだろうか？　いや、くり返されるものか。過去は過去だ。現在の状況と共通するところなんてない。

　それでも、闇夜のなかで疑問は消えなかった。

　ドーラはカリールの腕のなかで目覚めた。身じろぎすると、頬にぬくもりを、ウエストに重いものを感じた。目を開けてみる。いつの間にか彼の腕のなかに入ってしまったらしい。

　ドーラはからだをこわばらせて離れようとしたが、そのとたん、ウエストに置かれた手に力が入った。見あげると、カリールが目を覚ましていた。

「おはよう」カリールはハスキーな声で言った。

　ドーラは自己嫌悪に陥った。カリールの声を聞いただけでからだに震えが走り、彼とひとつになってとけあいたくなるなんて。ゆうべ辱めを受けただけじゃ足りないの？　誘惑されたあげく、かたい決意を捨てて服従してしまった。こんな闘いがいつまでも続くのかしら？

カリールの口もとにゆっくりと笑みが浮かんだ。「砂漠の山猫は、抵抗するのと同じ分だけ求めるんだね。どちらの気持が勝るのかな?」

カリールはからだを横向きにしてドーラと向きあい、片膝を彼女の脚のあいだにさし入れた。ドーラはからだをのけぞらせないようにするだけでせいいっぱいだった。激しい欲望がわき起こる。なぜわたしのからだはこんなふうに意思にそむくのだろう?

「あなたに服従する気はないわ」ドーラはカリールの目を見すえて言った。「からだは反応しても、心は絶対に動かされない」

「ぼくに挑戦する気かい? 前にも忠告したはずだ。抵抗するなってね。きみは負ける運命にあるんだ」カリールはドーラの額にキスをした。「もちろん、最高にうっとりさせるやり方でね。ぼくは追いかけるのも得意なんだ」

ドーラはいらだたしくてたまらなかった。なぜこんなことになったの? なぜこんな目にあわせられるの? カリールのかたい下腹部が腰に押しつけられると、それに反応して脚のあいだが濡れてきた。傷つけられても、嘘をつかれても、利用されても、からだじゅうの細胞が彼を求めてしまう。

「きみはぼくのものだ」カリールは自信たっぷりに言った。

「いやよ。追い払い続けるわ」

「毎晩毎晩、誘惑し続けるよ」カリールは笑った。「ドーラ、ぼくをこらしめたいなら、ほかの手を考えたほうがいい」まじめな口調になる。「そのうちきみも大人になり、従順な妻としてぼくを愛するようになる」

冗談なのかまじめなのか、ドーラには判断がつかなかったが、どうでもよかった。ゆうべと同じように、むなしさがこみあげてきた。カリールは言ったとおりにするだろう。気が向けば必ず誘惑しに来るはずだ。わたしは抵抗したあげく、服従してしまうだろう。そして彼の執拗な攻撃に、わたしの魂は打ち砕かれてしまうに違いない。

「絶対にあなたなんか愛さないわ」ドーラは誓った。

「そうかな。もうぼくを愛し始めているんじゃないかな。ぼくは砂漠の山猫の憧れだろう？　寂しいバージンがベッドで夢見ていた男性だろう？」

ドーラはからだをひねってカリールから離れ、転がるようにしてベッドからおりた。にらみつける彼女に彼は笑みを返し、上がけをはねのけてたくましい下腹部を見せつけた。

ドーラは背を向けて、なんとか心を落ち着けようとした。自分を守る方法を見つけなければならない。強くならなければ。さもなければ、カリールの言葉どおりになってしまう。彼は傲慢で身勝手で……でも、正しい。孤独な日々にわたしが夢見ていたのはカリールのような男性だった。自己中心的で、いやがる妻を服従させるプリンスではなく、初めていざなってくれたときのすてきな恋人のほうだが。

カンザスの空港で助けてくれたやさしい男性、ニューヨークで仕事を手伝った知的なビジネスマンには確かに心を引かれた。でも、エル・バハールのプリンスを愛した覚えはない。

ドーラはレースのドレスを見つけ、頭からかぶった。それからシルクのローブをはおる。完全にからだを覆ってから、カリールと向きあった。

「愛なんてもってのほかよ」ドーラは静かに話しだした。「決してあなたを好きにならないし、尊敬もしない。わたしをここに引きとめておきたいなら、義務以上のことを期待しないで」

カリールは黒い眉をつりあげた。「日中は従順な妻で、夜はぼくのベッドで山猫になるってわけか。まさにぼくの夢だよ」

ドーラは目に涙がこみあげてくるのを感じたが、まばたきして払った。「あなたがうやましいわ、カリール。わたしには悪夢よ。早く目覚めたいわ」

ドーラはカリールを見つめていたが、彼が考えを改める気配はこれっぽっちも見受けられなかった。彼女は背を向けた。心の痛みがひどくなっていく。二度とカリールに涙なんて見せない、と心に誓った。

11

ふたりは無言のまま車で宮殿に帰った。朝の美しさや四台の護衛車についてドーラが話しかけてくるのをカリールは待っていたが、彼女は静かに座っていた。まっすぐ前を見たまま、口を閉ざしている。彼は腹だたしかった。いいだろう。ゲームを続けたいのなら、つきあってやる……負けるものか。

単純な論理から始まった結婚がもっと……なにかむずかしいものに変わってしまった。なぜドーラはこんなに感情的になるんだろう？　初めに欺いて、本心を明かさなかったからだろうか？　だけど、いつまでもこだわることはないじゃないか。ぼくはドーラと結婚した。彼女を妻として尊重し、敬意を払うつもりだ。ぼくたちは宮殿で暮らし、たくさんの息子をもうける。ドーラはぼくと結婚したおかげで、富と特権を手にした。なぜあんなに怒る必要があるのだろう？

カリールはハンドルをいっそう強く握りしめ、女性はわからないものだ、と思った。気むずかしくて感情的だから、好きにさせておくのが一番だ。いずれドーラは、ぼくと結婚してよかったと思うだろう。

そうだろうか？　頭のなかで声がささやいた。ドーラはこれまでつきあってきた女性とは違う。知的だし、とても自立心が強い。カリールは素早く彼女を盗み見てから、でこぼこ道に注意を戻した。ドーラは決してぼくの言いなりにはならないだろう。

しばらくのあいだドーラを無視してみよう。そうすれば彼女も自分が間違っていたと気づくだろう。だが、昨夜愛を交わした記憶が、カリールの脳裏から離れなかった。触れあった感触がよみがえってくる。ドーラは頑固で、最後までぼくをほしいとは言わなかった。しかし、言葉にはしなくても、ぼくを求めていたのは確かだ。からだが雄弁に語っていた。しがみついてきて、もっと深く、激しくと求めたのだから。

カリールはエロティックなイメージを振り払い、呼吸を整えた。そうあわてて無視することもないだろう。ドーラの心を動かすのに、もっといい方法があるかもしれない。彼女をもう少し信用してやろう。もしドーラが本当に頭の切れる女性なら、ぼくがふたりにとって最善の決断をしたのだとわかるはずだ。この結婚は彼女にとって正しい選択だったと気づき、ぼくに感謝するだろう。

宮殿に近づくと、カリールは再びドーラを盗み見た。リハナが用意しておいてくれた長袖のドレスを着ている。ふたりのウエディンググローブは後部シートに置かれていた。ドーラは黒髪を後ろに撫でつけ、横顔を向けている。

ドーラは、アンバーやぼくがこれまでつきあった女性たちに比べて美人ではない。だが、とても愛らしい。彼は彼女の怒ったときの目や、こらえようとしても笑みが浮かぶ口もとが好きだった。ああ、ドーラと話したい。彼女の声を聞きたい。柔らかな肌の感触や、ぼくを迎えるために熱く濡れるからだも魅力だ。最高の女性というわけではないけれど、妻に求めたいものをすべて備えている。ドーラを見つけたぼくは運がいい。

中庭に入ってエンジンを切ると、カリールは考えをめぐらせた。もっといい関係で結婚生活をスタートさせるために、ドーラになにか言葉をかけたい。償いとまではいかなくても、和解するための言葉を。彼女の考え方は理解できないし、認められないけれど、彼女にとってはそれが重要なんだろうから、尊重するつもりだ。もし、そう言ったとして……。

ドーラが助手席のドアを開けて外に出た。即座に召使いのひとりが手を貸す。彼女は礼を言って、宮殿の入口に向かった。

カリールはドーラの後ろ姿を見つめた。彼女はぼくを待たずにさっさと歩いていく。運転手扱いされた気分だ。

「ドーラ」カリールはあわててドアを開けると、呼びかけた。「ドーラ、どこに行くつもりなんだ？」

ドーラは立ちどまって肩越しにちらりと後ろを見た。「決まっているでしょう。自分の部屋よ」

カリールは玄関ホールでドーラに追いついた。「ハーレムには戻らなくていいんだ。ぼくと一緒に暮らすんだよ」

ドーラはブラウンの目を見開いた。その瞳には怒りがたぎっている。

そのとき、リハナが物陰から現れて深く頭をさげた。「おかえりなさいませ」はにかむようにドーラにほほえむ。「お荷物は殿下のお部屋に移しました。ご案内いたします」

「けっこうよ」ドーラはカリールを見つめたまま鋭い声で言った。「以前いたゲストルームに荷物を戻して。わたしはそこに住みます」

カリールは眉をひそめた。「ドーラ、ばかなことを言うんじゃない。こんなゲームをやって、なにを手にしたいんだ？　きみは妻なんだよ」

ドーラは冷ややかな目をして言った。「わかってるわ。つまりプリンセスってわけよね。ということは、召使いに命令できる。そうでしょう？」

カリールは追いつめられた気がした。確かにぼくの妻ならプリンセスであり、召使いは彼女の命令には絶対服従しなければならない。夫として、結婚初日から彼女の権利を奪うわけにはいかない。そんなことをすれば、宮殿での彼女の立場に一生影響する。彼は歯をくいしばり、ドーラをにらみつけた。この問題は改めて話しあわなければ。

「リハナ、妻の言ったとおりにしてくれ」カリールはかたい口調で言った。

リハナは戸惑った様子だったが、ゆっくりとうなずいた。「こちらです、プリンセス」

ドーラは澄ました顔でほほえみ、リハナのあとについていく。カリールはひとり立ちつくしていた。なにもかも大失敗だ。どう始末をつけたらいいのだろう。

ドーラは海を見つめながら、ひとりでバルコニーに立っていた。この六時間、自分の部屋でひとり勝利の味を噛みしめようとしていた。だが、思ったほどうれしくなかった。カリールから逃げること。それがわたしの望みだったはずだ。でも、ひとりぼっちでいると寂しくてたまらない。これから先ずっとこうなのね。どうしたらいいの?

すばらしい景色に背を向けて、リビングルームに続く両開きのガラスドアに向かってゆっくりと歩いていく。カリールがこの結婚は間違いだったと気づかない限り、わたしはエル・バハールから出られない。でも、彼はいずれ迷いから覚めて離婚すると言うはずだ。そうすればわたしは自由だ。でもそれまでは、孤独に耐えてつらい日々をのりこえなければならない。なにかできることはないかしら? もしかしたら――。

そのときドアにノックの音が響き、ドーラははっとわれに返った。広いリビングルームを急いで横ぎって、ドアを開ける。立っていたのはリハナでもカリールでもなく、ファティマだった。

ドーラはファティマにほほえみかけた。「まあ、驚いたわ。どうぞお入りになって」

ファティマはなかに入った。初めて部屋を見るような顔でなかを眺める。それから窓に面しているソファに腰をおろした。「あなたはカリールの部屋じゃなくて、ここに住むそうね。あなたにとってプライバシーがそんなに大切だとは気づかなかったわ。ハーレムでの暮らしは落ち着かなかったでしょう。ごめんなさいね」

ファティマと向かいあって座ったドーラは、頬が赤くなったのを感じた。膝に手を置く。

「わたしがここに住むことに反対なんですね」

「わたしの意見なんてどうでもいいの。結婚したのは、あなたたちふたりなんだから」ファティマは唇を引き結んだ。「あなたを自分に服従させるか、召使いに対するあなたの権限を尊重するか、カリールに選択を迫ったそうね。なかなか巧みな駆け引きだとは思うけれど、古いことわざを思いだしてしまったわ。確かイギリスのことわざだったはずよ。あなたも知っているでしょう。戦争に勝って、勝負に負けた、とかいうの」

「わたしたちはけんかなんてしていません」ドーラは落ち着いた声で言った。

「そう？　夫婦が別の部屋で暮らすなんて、なにもかも順調とは言えない証拠よ」

ドーラはうなだれた。ファティマには嘘をつきたくない。「わたしとカリールは解決しなきゃいけない問題を抱えているんです」そのほとんどがわたしの問題だ。わたしときたら、いまだに戸惑い、傷ついているのだ。

「カリールが折れるのを待っているなら、ここに長くいる羽目になるわよ。彼は決して譲らないわ」

「だったら、そのあいだに彼に成長してもらいます」ドーラは顔をあげて背筋をのばした。

「ファティマ、教えていただいたことを忘れたわけじゃありません。葦のようにしなやかに生きるべきだとおっしゃいましたね。でも、断固として譲れないときもあるんです」

ファティマはドーラをじっと見つめた。「カリールがなにをしたのか、教えてくれる？」

「それはできません」たとえ相手がファティマでも、こんな屈辱的なことを打ち明けるわけにはいかない。第一、のっぴきならない事態になれば、ファティマだって孫息子の新妻より家族の側にたつだろう。「困難な状況ですが、せいいっぱい善処するつもりです」

ファティマの鋭い瞳は、ドーラの心を見すかしているかのようだった。

「カリールが変わらなかったら、どうするの？」

「わかりません」心のなかでは出ていくと決めていた。カリールと離婚する方法を見つけて、自由になるつもりだ。行くあてはないけれど、そんなことは問題ではない。望まれもせず、尊敬もされないところにはいたくなかった。

「カリールを愛しているんだと思っていたわ」ファティマは立ちあがりながら言った。

「勘違いしてごめんなさいね」

まるでわたしは反抗したせいでしかられている六歳の子供だ。「カリールのことは好きです」ドーラは曖昧に言った。

「でも愛してはいないのね。愛情はあるとしても、彼を求めて闘うほど強くないってことね」ファティマはドアに向かった。「さよなら」

その言葉は、ドーラには最後の言葉に聞こえた。

ファティマが去ったあと、ドーラはしんとした部屋のまんなかにひとり立っていた。大声で叫びたかった。不公平だわ。嘘をついて欺いたのはカリールのほうよ。なのに、なぜわたしが罰を受けるの？　わたしはなんの下心もなしに彼と結婚した。幸せな結婚生活を送りたかっただけなのに。カリールを愛したかったし、彼と一緒にいたかった。でも、傷つけられた。さらにひどいのは、カリールが自分のとった行動に対して責任をとろうとしないことだ。彼はおそらく、わたしをごく普通の礼儀をもって接するに値しない女だと考えているのだろう。そんな男性と夫婦にはなれない。

ドーラはゆっくりと部屋の端まで歩いていき、またバルコニーに出た。まっ青な海がずたずたになった気持をなだめてくれた。だが、心のなかは疑問でいっぱいだ。どうなっているの？　いつまでこの部屋にいられるのかしら？　カリールは離婚したいんでしょう？でも、またベッドに誘われたら？　彼を拒むことはできそうにない。からだが心にそむいてしまうだろう。

ドーラは椅子に座り、両手で顔を覆った。わたしは戦争に勝って、勝負に負けたの？　心から信じていたのに、すべて嘘だった。彼はわたしを都合のいい妻になりそうだからという理由で利用したのだ。愛していると言ってもくれない。女性なら聞きたくてたまらない言葉なのに。どうなっているの？

　答えは出てこなかった。ドーラは日が沈むまで座っていた。その夜部屋に来たのは、ディナーを届けに来たリハナだけだった。家族のディナーからはずされたらしい。ドーラはベッドに入ってひとりの夜を過ごした。そして翌日も一日じゅうひとりぼっちだった。


　二日目の夜、ドーラの部屋にふらりとカリールが現れた。

「こんばんは」カリールはそう言うと、ソファに座って読書をしていたドーラの横に腰をおろした。

　ドーラはわめきちらしたい気分だった。わたしがアメリカに帰国できるように手はずを整えてくれたら、即刻出ていって、と。しかし一方で、話し相手ができて涙が出そうなほどうれしかった。ファティマが帰ってからは、リハナの顔しか見ていないのだ。

「カリール」ドーラはうなずいた。

　カリールは黒いズボンをはいて、白いシャツの袖を肘までまくりあげていた。髪は乱れ、かすかに疲労の色が表れている。一日じゅう仕事をしていたのだろう、とドーラは思った。彼の秘書として仕事に戻りたい。いいえ、どんな仕事でもいい。この部屋から出て、持て余している時間をなんとかしたい。

「きみの願いを尊重したんだ」カリールはそっけなく言った。

「わたしの願いって？」

「ひとりになりたかったんだろう。孤独を楽しんでいるかい？」

ドーラは本を閉じて横のテーブルに置いた。「孤独なんて望んだ覚えはないわ。あなたと別々の部屋にいたいと言っただけよ。なのに、あなたはそれをいいことに、わたしを孤立させた。こんな仕打ちをして、偉大で強い人間にでもなった気でいるの？　権力争いのつもり？　だとしたら、勝手に続ければいいわ。わたしは勝ち負けなんかに興味はないの」

カリールはちらりとドーラを見た。「ぼくがすることをことごとく悪意にとるんだね。ぼくは心の底から、きみは孤独を望んでいると思ったんだ。きみは妻なんだよ。つまり、王室の一員だ。いつでもこの部屋から出て、食事に来ればいい。ここは宮殿だ。刑務所じゃない」

ドーラはカリールの言葉をどう解釈していいかわからなかった。本心なのかしら。また口先だけ？　ハンサムな顔を見つめているうちに、左頬の傷跡に触れたくなり、手を握りしめた。

「わかったわ。ありがとう」ドーラはついに言った。

「仕事に復帰していいよ」カリールは告げた。「ぼくのオフィスに朝八時に来るんだ」

仕事に復帰する気はないかときかれたら、そうしたいと答えただろう。選ぶ権利と決定権はわたしにあるとほのめかされれば、喜んで応じたと思う。けれども、仕事をする〝許可〟を与えられるなんて……。ドーラは息を吸いこんだ。怒りがこみあげてくる。

「やめておくわ」ドーラは立ちあがって冷ややかに言った。開いた両開きのガラスドアを通って、バルコニーに出ていく。太陽はすでに地平線の下に消えて、暗黒の海は神秘的な黒い光を放っていた。夜空を眺め、星に見入っているふりをする。

「許可してあげているんだよ」カリールはドーラを追ってバルコニーに出てきた。

「ええ、わかってるわ。興味がないのよ」ドーラはにこやかにほほえんだ。

「仕事を手伝ってほしいんだ」

ドーラは肩をすくめた。「ニューヨークで言ったことを謝ってほしいわ。嘘をついて、だまして結婚したことを。間違いだったと認めて。それからわたしを好きだと言って。そうしなければ、お互いの望むようにはならないと思うの」

ドーラは、カリールが一歩近づいてきたのを察した。

「ぼくをもてあそんじゃいけないよ」

ドーラはついに振り返ってカリールの顔を見た。「そうされたいんだと思ったわ」

カリールの表情がこわばった。「ぼくはカリール・カーンだ。エル・バハール王国の――」

ドーラは手を振って、カリールの言葉をさえぎった。「プリンスでしょう。わかってるわ。今まで何回となく聞かされたもの。要するに、なにが言いたいわけ？」

カリールは立ちつくしていた。ドーラの生意気な口のきき方に驚いているようだ。そしてドーラ自身も少し驚いていた。ひとりきりでいたために、彼にたち向かう勇気が養われたのかもしれない。正しいのか間違っているのかはわからない。でも、状況を変えるにはこれしか方法がない。離婚して祖国に帰りたい気持はあるけれど、それが本心かというとはっきりしない。心の底ではここにとどまりたい気持のほうが強かった。カリールの本当の妻となって。愛してくれなくてもいいから好意を持ち、敬意を払ってほしい。

「プリンスだって人を利用する権利はないわ」ドーラは続けた。「あなたは残酷よ。嘘をついたうえ、わたしの気持なんてとるに足らないものだと思っている。バージンだったことにつけこんだのよ」

「結婚したじゃないか」

「そうね。まるでピクニックにでも行くみたいに」

カリールはもう一歩ドーラに近づいた。彼女はその場を動かなかった。彼がドーラの手をとり、親指で彼女のてのひらを撫でる。とたんにドーラのからだのなかに震えが走って炎が燃えあがった。手を振りほどいて手すりに寄りかかる。

「仕事を手伝ってくれ」カリールは言った。

ドーラはてのひらのほてりを無視してほほえんだ。「わたしはエル・バハールのプリンセスよ。仕事はしないの。それに——」両手をあげてみせる。「ヘンナはまだ消えてないわ。伝統にしたがえば——」

今度はカリールがドーラの言葉をさえぎった。「言われなくたってわかってる。この国で生まれ育ったんだからね」目を光らせる。「好きなようにしたらいい。この部屋にいればいいさ。出ようなんて考えないことだ。壁に囲まれて生きていけばいいんだ。ここで朽ち果てたって、ぼくの知ったことじゃない」そう言うと、彼はきびすを返してドアに向かった。

ドーラはつばをのみこんだ。ファティマの言葉がまた頭をよぎる。〝戦争には勝って、勝負に負ける〟——つまり、プライドは身を滅ぼすということだ。わたしは本当にこの部屋にずっといたいの？

「カリール」ドーラは思わず声をかけた。「仕事を手伝うわ。ただし、秘書はいや」

カリールは足をとめた。「国政に携わりたいのかい？」

ドーラはカリールの皮肉を無視した。「いいえ」彼のそばに行く。「エル・バハールで事業を計画している欧米の企業の手伝いをしたいの。この二日でたくさん本を読んだわ」ソファの横に積みあげた雑誌や本をさす。「エル・バハールには欧米の企業の橋渡しをする機関がひとつもないでしょう。政府と欧米の企業とをとり持つ仕事をしたいの。アメリカの会社で働いた経験は十分あるし、エル・バハールについては毎日勉強しているわ」

カリールはドーラをじっと見たが、なにも言わなかった。

「いいアイディアだと思うの」勇気が残っているうちに、ドーラは急いで続けた。「わたしは王室の一員だから、政策担当者ではなく、名目上の責任者と見なしてもらえる。それなら政府の男性の気持を逆撫でしないでしょう。一方欧米の企業は、エル・バハールは女性を重要な地位につけていると一目置くと思うの」

「きみは妻だよ」

「わかってるわ」

カリールは背を向けた。ドーラは息をとめてから、ゆっくりと吐きだした。夜中にひらめいたこのアイディアを、誰に話していいかわからなかった。王室の人々には好かれているとは思えないから、折を見て話すつもりだった。早すぎたかしら？　まずカリールの秘書として数週間働き、彼の信頼を得てから提案すべきだったかしら？

でも、もう手遅れだわ。反対されたらどうしよう？

「ぼくの権限が及ぶ範囲内で働いてもらうことになるよ」カリールはドーラと目を合わせずに言った。

ドーラの心臓が激しく打ち始めた。カリールは認めてくれたのかしら？「かまわないわ」

「ひとりで男性と会ってはならないし、服装は地味にすること。さもなければ、ぼくの名が汚される恐れがある」

「わかってるわ。ひとりで男性に会う気なんてないし、服装は地味にするわ」

カリールはドーラを見た。彼女は彼の表情を読みとろうとしたが、できなかった。カリールはなにを考えているの？　なぜ反対しなかったのかしら？

「それから、表向きだけでも幸せな夫婦を装う必要がある。毎日一緒にランチをとること」

ドーラは緊張が和らぐのを感じた。希望のきざしが見えてきた。ニューヨークにいたときのワーキングランチが思いだされる。仕事の話が中心のときもあったけれど、たいていの話題は個人的なことだった。政治を論じあったり、本や音楽の話をした。議論が盛りあがったこと、笑いあったこと、からかいあったことが忘れられない。あのころがたまらなく懐かしい。カリールはどう思っているのかしら？

「喜んでそうするわ」

「よかった。意見が一致したね」

カリールはドーラにほほえみかけた。思いどおりになって満足げだ。彼女はうれしさが少し薄れるのを感じた。神さま、お願い。彼がこれ以上要求しませんように。

しかし、願いは通じなかった。

カリールはドーラの顔を両手で包んで言った。「きみがほしい」

ドーラはカリールの言葉に打ちのめされた。なんてばかだったの。彼との関係はなにも変わっていない。彼女はからだをこわばらせて逃げようとしたが、遅すぎた。顎や頬にあてがわれた手の感触だけで、からだも決意もとけていく。嫌いなのにもかかわらず、彼を求めずにはいられなかった。

「やめて。気分が悪いの」ドーラはカリールの手を振りほどいた。

カリールはドーラの腕をつかんでぐっと引き寄せた。彼女のからだに熱くなった下腹部を押しあてる。

「ののしってもいい」カリールはうなるように言った。「抵抗して、殴って、嫌って、拒否してもいい。だけど、嘘はついちゃいけない」

ドーラは目に涙がこみあげるのを感じた。「ええ、嘘はあなたの得意分野よね」

カリールは怒るどころかにっこりした。「ちょっと退屈だけど思慮分別がある女性を妻にしたつもりだった。ところが、強がりのセクシーな山猫だったとはね。噛みつく気かい？　引っかこうとしたって、きみの爪は思ったほど鋭くないよ」

「あなたなんて大嫌い」ドーラは叫んで身を振りほどこうとした。「人間のくずよ。二度と顔も見たくない」

だが、カリールは腕をしっかりとつかみ、決して放さなかった。ついにドーラは抵抗をあきらめ、彼をにらみつけた。

「絶対に降伏しないわ」

「きみはエネルギーを無駄使いしすぎだよ。ぼくとしては、ベッドのなかで闘いを挑まれるほうがうれしい」カリールはそうつぶやくとドーラに顔を寄せ、唇にさっと唇を重ねた。

ドーラは手をあげてカリールをたたこうとしたが、彼は腕をつかんだまま笑った。

「怒るってことは、元気な証拠だろう？」

「確かに病気ではないわ。ただあなたとベッドをともにしたくないだけ」

カリールは片手を離して、ゆっくりとドーラのドレスを持ちあげた。なにをされるのか察した彼女は自分に言い聞かせた。逃げなさい、自尊心を失っちゃだめよ。しかし、動けなかった。背を向けることすらできない。ただじっと彼の目を見つめていた。カリールの手がパンティのなかに滑りこんでくる。そして熱く濡れたところを愛撫(あいぶ)されると、からだに震えが走った。

「嘘つきはどっちなんだい？」カリールはそう言うと、ドーラにキスをした。

ドーラは夢中でキスを返していた。どうしてもカリールにからだが反応してしまう。やがて、ふたりとも一糸まとわぬ姿となった。彼に舌で全身をくまなく愛撫されると、彼女は喜びの声をあげた。

またもや夫の勝ちだった。

12

ドーラは宮殿内の執務棟の前に立ち、汗ばんだ両手をスカートでぬぐった。挑戦状をつきつけたのはわたしだ。カリールはそれにこたえてくれた。わたしは自分のオフィスを持ち、肩書きもできて、秘書もついた。問題は……この仕事をこなせるかだ。

寂しい部屋に引き返して、冗談だったとカリールに伝えたい衝動にかられた。本当は冗談だった。エル・バハール政府と、事務所や工場の設立をもくろむ欧米の有力企業をとり持つだけの経験と手腕があるなんて、本気で考えていたわけではない。エル・バハールは平和な国で、中東のスイスと呼ばれている。したがって、この地域に進出をはかる企業は、まずエル・バハールを選ぶ。わたしは巨額の資金が動く仕事にかかわるのだ。いったいどういうつもりだったのだろう。

ひとりで部屋にいたとき、経済関係の雑誌や本をよく読んでいた。どれも、企業の外国進出はむずかしいという問題点をとりあげていた。ジェラルドの下で働いていたとき、そうした仕事を手がけたことがあった。ジェラルドは卑劣で、自分が負うべき責任をことあるごとにわたしに押しつけたものだ。それだけでも経験は十分じゃないかしら。ドーラは深く息を吸いこみ、オフィスのドアを開けた。なかを見回す。

　曇りガラスの両開きのドアを入ると、広々とした豪華な待合室になっていた。革のソファが置かれ、印象派の名画があちこちに飾られている。ひと目でどれも本物だとわかる。ドーラは思わず大きな絵の前で立ちどまりそうになったが、絵を鑑賞している場合ではないと思い、大きな机に近づいた。身なりのきちんとした中年の男性が席についている。男性は顔をあげてほほえんだ。

「おはようございます、妃殿下。マーティン・ウィングバードと申します。今朝からこちらにいらっしゃると、プリンス・カリールからお聞きしました。お部屋にご案内いたします」

　男性は仕立てのいいスーツ姿だった。イギリス人らしい話し方だ。

「ありがとう、ミスター・ウィングバード」

　机の後ろの廊下は左右に分かれていた。マーティンは左のカーペット敷きの廊下をきびきびと歩いていった。ドーラは急いであとを追った。足首近くまであるタイトスカートは、地味なのはいいが、歩きにくかった。

　コンピューターやファクス、コピー機がそろった部屋の前をいくつか通りこした。砂漠から一キロも離れていないのに、オフィスのなかはすっかり近代化されていた。

廊下のつきあたりに来ると、どっしりとしたドアが開いていた。三人の秘書が働いている。男性ふたり、女性ひとりだ。彼らの後ろにはもうふたつドアがあった。

「こちらがプリンス・カリールの秘書です」マーティン・ウィングバードは言った。「左のドアが妃殿下のオフィスになります」

マーティンは秘書を紹介した。女性秘書はエバという名の美しいアジア人で、ドーラの秘書だということだった。

ドーラは苦笑いをした。「秘書の振り分け方について知りたいわ」彼女はマーティンに尋ねた。「わたしの秘書は女性ね。エル・バハールの男性は女性の下で働きたがらないってことなの？　それとも、しきたりなの？　しきたりだとしたら、それを破ろうとする人がいないのはなぜ？」

「わたしにはわかりかねます、妃殿下」マーティンはまじめな顔で答えたが、その目はいたずらっぽく輝いていた。

「模範回答ね。わたしもあなたの立場なら、同じように答えるわ」ドーラはうなずいた。

「ありがとう、マーティン」

「どういたしまして、妃殿下」マーティンは頭をさげて去っていった。

エバはオフィスのドアを開けて待っていた。ドーラは彼女についてなかに入った。贅沢な部屋にはカントリー風の家具が置かれ、花の絵が飾られていた。コーヒーテーブルには、たくさんの薔薇を生けた花瓶もある。窓から見えるのは本格的なイギリス式庭園だ。カーペットの色は明るく、ソファに無造作に置かれたクッションにはレースがあしらわれている。

「申し分ない部屋だわ。わたしのために飾りつけされたみたい」ドーラはひとり言のように言った。だが、そんなことはあり得ない。カリールに仕事の話をしてから四十八時間もたっていないのだ。そんなに早く準備できるはずはない。

「プリンス・カリールがすべて手配されました」エバはにっこりして答えた。「昨日一日じゅう監督されていました。特に家具にはこだわられていたようです。何度も入れ替えさせて、これに落ち着いたんです」

カリールが？　夫が？　自分の流儀を曲げず、わたしを服従させようとする人が？　インテリアに関心があるなんて……。まして家具やクッションを選んだなんて想像できない。

エバは机のコンピューターのキーをたたいた。「今日のスケジュールですが、午後に二件のミーティングがあります。国内最大の外資系銀行の頭取に妃殿下をご紹介するためです」

エバは話し続けたが、ドーラは上の空だった。パニック状態だ。なにを考えて、こういう仕事をしたいとカリールに告げたのだろう。公衆の面前で恥をかいて、とても――。

「妃殿下？　どうかされましたか？」エバは尋ねた。

「いいえ、大丈夫よ」ドーラは答えた。「その銀行と頭取に関するファイルをわたしのコンピューターに転送して。昨年度の決算報告書とこの六カ月の収支、新聞の関連記事もね。エル・バハールでの評判を知りたいの。銀行関連の一般情報も。国内の銀行と外資系の銀行の数とか、国内の銀行を利用している国民の数、外資系口座の利用度とか」

エバはドーラが言ったことをメモした。「妃殿下、ほかには？」

ドーラはため息をついた。「エバ、敬意を払ってもらってうれしいけど、〝妃殿下〟はよしましょうよ」

エバはにっこりした。「わかりました。すぐに資料をそろえます」

エバがオフィスを出てドアを閉めようとしたとき、カリールがやってきた。

ドーラは夫を見つめた。うれしさがこみあげてくる。そして、そんな自分がいやだった。彼にはいらいらさせられるというのに、ひときわハンサムな顔にはうっとり見とれてしまう。

今日のカリールはスーツ姿だった。たくましいからだの線を強調している……昨夜ドーラが愛撫(あいぶ)し、味わったからだを。彼女は宣言したとおり、彼に迫られるたびに拒否していた。毎晩誘惑すると言ったカリールの言葉は本当だった。ばかげたゲームだ。いつ終わるのか、どうやって勝者を決めるのかわからない。けれども、彼に会えると無性にうれしかった。それだけは悟られないようにしなければ。

「気に入ったかい？」オフィスのなかをうろうろしながら、カリールは尋ねた。「ぼくの部屋は隣だ。自分だけのオフィスを持ちたいだろうけど、しきたりがあるからね。プリンスの妻が働くことに、父はあまりいい顔をしていない。たとえ仲介役でもね」

ドーラはそこまで考えていなかった。「カリール、ごめんなさい。お父さまとの仲がこじれてしまった？」

カリールは肩をすくめた。「認めてくれたよ」

カリールはドーラの机の前で立ちどまり、なめらかな表面に手を走らせた。深い色に塗装された木はよく磨かれて輝きを放っている。

それからカリールはドアの脇のキャビネットに行って扉を開けた。「プリンターが入っている。ファクスも。机に小さなボタンがあるから、ファクスが送られてきたらわかるよ」机の前に戻ってきて、電話に触れる。「ぼくの番号は登録ずみだよ。星印を一回押せば、ぼくのオフィスにつながる。マリクは星印二回。ジャマールは三回だ」

「なぜお兄さまたちの番号が必要なの？」

カリールは背を起こしてドーラを見た。「きみは全員の仕事にかかわるんだ。ぼくは原油以外の資源と新進企業の援助を担当している。ジャマールは財政、マリクは原油の利権だ。マリクは王位継承第一位の皇太子だから、海外ではエル・バハール王国代表も務めている。三人とも外国の企業と取り引きをしているんだ。だから、ぼくたち三人と常に連絡をとりあう必要がある」

ドーラはつばをのみこみ、不安を見せまいとした。こんな仕事につきたいなんて、身のほど知らずだった。十分見通しもたてないで。

「これから二日、きみの紹介を兼ねたミーティングを行う。エバにスケジュールを入れるように頼んでおいた。予備知識を与えるためだよ。それから、きみは妻なんだから、仕事の報告は直接ぼくにすること」

「ええ、わかったわ」ばかなことをしたものだ、とドーラは思った。本当にできるかしら?

「おじけづいたんじゃないだろうね」

ドーラは顔をあげて肩を怒らせた。「そんなはずないでしょう。ちゃんとできるわ」

カリールはドーラをじっと見すえた。まるで彼女の怯え(おび)えを見すかしたかのようだ。ドーラは決心した。どんなに大変だろうと、絶対にこの仕事を成功させてみせるわ。

ドーラは机に行って、椅子に腰をおろした。「お給料はいただけるの?」

ドーラは冗談のつもりで言ったのだが、カリールはにこりともしなかった。

「なぜお金がいるんだ?」

正直なところ、ドーラはよく考えていなかった。「いらないようね」

カリールは机に両手をついて、身をのりだした。「自分の立場を勘違いしちゃいけない。

きみはぼくの妻であって、いつまでもそれは変わらないんだ」

カリールの視線は射るようだった。ドーラは混乱した。この瞬間まで、彼は離婚する方法を探すと思っていた。カリールは本気でわたしと結婚生活を続ける気なのかしら？

「きみを手放す気はない。エル・バハールの王室は、妻から離婚を求めるときは夫の承諾が必要だと定めている。ぼくは絶対に承諾しないからね」

ドーラはカリールの言葉になぜか安心した。気が合わないというのに――もしかしたらそのせいなのかもしれないが――彼のもとを去りたいとは思わない。心の片隅ではいまだに希望を捨てきれないでいた。おとぎばなしのプリンスが永遠に愛してくれるという夢を。要するに、二カ月のあいだにふたりの男性に裏ぎられながら、なにも学ばなかった証拠だ。

「ゆうべはすばらしかったよ」カリールは不意に話題を変えた。熱いまなざしでドーラを見つめている。一瞬にして彼女のからだは燃えあがった。

「ありがとう」ドーラは小声で言った。

ゆうべのわたしは大胆だった。自制心がきかなくなって、思いきり積極的になった。カリールが驚きながらも喜びの声をあげたのを覚えている。その光景を思いだし、ドーラは椅子の上で身じろぎした。

「カリール……」

カリールはゆっくりと笑みを浮かべた。勝利をおさめた男性の満足げな笑みだ。「いずれ認めると思っていた。ぼくがほしいんだろう？　認めるんだ」

　ドーラの情熱は燃えあがったときと同じようにさっと冷めた。背筋をのばして、冷ややかなまなざしでカリールを見すえる。「カリール、夫だからって、セクハラをしていいわけじゃないのよ。オフィスにいるときは、仕事のことしか話したくないの」

　カリールはドーラをにらみつけた。「なぜだ？　ぼくを求めたかと思うと、冷たくあしらう。なぜ降参しない？　最後はぼくが勝つに決まってるのに」

「そう？」ドーラは肩をすくめた。「わたしも自分が勝つと思ってるの。ものすごく頑固でしょう」

「ああ。そこが欠点だね」

「あなたの欠点を並べたリストをつくりましょうか？」

　カリールの驚いた表情を見て、ドーラは思わず笑いそうになった。

「ぼくには欠点なんてない」

　ドーラは椅子の背にもたれた。「とても長いリストができるわよ。手書きだと、手がつってしまうわ」

「まさか。ぼくは夫だよ。敬意を払うべきだ」

　初めのうちは〝ぼくはプリンス・カリール・カーンだ〟と頻繁に口にしていたのだから、少しは進歩したようだ。「九時から五時まで一緒に働きましょう。セックスの話は厳禁。

本気よ、カリール」

「なんだって？　そんな口のきき方をして、ぼくがしたがうと思っているのか？」

「もちろんよ」

カリールは目に怒りをたぎらせた。「なんていう女だ」

「ええ、それがあなたの妻なの。さあ、仕事に戻って。ひとりにしてちょうだい」

「十二時半に一緒にランチだからね」カリールはドアに向かった。「仕事があるから出ていくんだ。きみの命令にしたがうわけじゃない」

「わかってるわ。とにかく、ひとりにして」

カリールは立ちどまってドーラを見た。「思いあがっちゃいけないよ。今夜も砂漠の山猫は降伏するはずさ」

「絶対に降伏しないわ」

カリールは肩をすくめた。「ゲームを続ければいいさ。最初は拒否したって、すぐにぼくの腕のなかでせがむんだ。撫(な)でてくれ、天国に連れていってくれってね」

カリールは出ていった。まぎれもない真実をつきつけられて、ドーラは不愉快だった。


　秘書が紅茶をテーブルに置いて出ていくのを、カリールは脚を前に投げだして待っていた。話しあいを求めたのは祖母のほうだった。彼女は暇を見ては忠告しに来る。

ファティマはさっそく話し始めた。「ギボンは仕方なくドーラをほめ始めたわ。つまり、彼女が立派に仕事をこなしている証拠だと思うの」

カリールは祖母に向かって思わず満足げな笑みを浮かべた。「ドーラは今、コンピューター製造会社とミーティング中なんだ。先方はドーラが出した条件をすべてのんだ」

「あなたも喜んでるのね」

喜ぶという言葉では不十分だ。最初ドーラは慎重で、あまり意見を言わなかった。彼女は気が小さくて、交渉事は無理だとカリールは思った。ところが、最初の一週間が終わるころになると、ドーラは相手がやれる以上のことを要求するようになった。拒否されても、断固譲らなかった。ヨーロッパの大銀行ですら、彼女からよい返事をもらえなかった。ぼくは行きすぎだと思ったけれど、彼女の決定を支持した。それから三日後、その銀行のライバル銀行が、エル・バハールの新進マイクロチップ製造会社に融資することを条件に参入した。街の東部の土地には二軒のホテルが入札中だし、アメリカの大学とエル・バハール屈指の病院が共同研究プロジェクトを進める話も持ちあがっている。すべてここ一カ月の出来事だ。

「彼女は本当によくやっている」カリールはついに言った。「特に交渉事にかけてはとびきりの腕を持っている。アメリカ人らしく気さくな態度で相手の信頼を得たあと、ここぞというときに王室のプリンセスに早変わりして強気に出るんだ」

「結婚生活もうまくいってる？」ファティマはそう尋ねて紅茶をすすった。

すっきりと流した手入れの行き届いた髪。指輪で飾った長く華奢な指。立派な身なりの老婦人がおしゃべりを楽しみに来たかのように見える。だが、カリールは油断していなかった。ドーラの交渉相手と違って、王室の女性は侮れない。

「とても幸せだよ」カリールは答えた。

ファティマはなにも言わなかった。ショートブレッドを食べて、麻のナプキンで口もとをぬぐう。

カリールも黙っていた。隅の時計が秒を刻む音がこだまする。緊張が高まった。

カリールはとうとう耐えられなくなった。はじかれたように立ちあがると、窓に歩いていき、うなるように言った。「彼女は頑固で、いらいらさせられる」

カリールは庭園に視線を向けてはいたが、咲き乱れる花は見ていなかった。昨夜自分に背を向けたドーラの姿が目に浮かぶ。彼女はぼくをほしくないと、きっぱり言った。それで仕方なく、ぼくは彼女のからだに無理やり真実を語らせた。それでも、ドーラは口を閉ざしたままだった。

「少なくとも、ドーラは聡明だわ。それは重要なことよ」ファティマは穏やかに言った。

「ぼくに対して理性を振り回す必要はないだろう」カリールは祖母を振り返った。「ハーレムで二週間暮らしたというのに、良妻の意味をまったく理解していない」

「それを教えるべきだった？ なんてばかだったのかしら。エル・バハールの慣習と歴史を教えてしまったわ。もう一度わたしに任せて。掃除や料理、縫い物を徹底的に仕込むわ。そうしたら、満足してもらえる？」

「召使いなんてこれ以上必要ない。ぼくは妻がほしいんだ」

「別居をやめたら？」ファティマはアドバイスした。

カリールはからだをこわばらせた。やめたくても、ドーラが同居を拒否しているのだ。夫婦だというのに、妻とベッドをともにするために宮殿のはずれまで通わなきゃならないなんて、まったく屈辱的だ。

「ドーラが同居を拒否しているんだ」

「そうなの？」ファティマはカップを置いてカリールを見た。「あなた、なにか悪いことをしたのね？」

カリールはかっとした。「なぜぼくのせいだと決めつけるんだ？ 悪いのはドーラのほうだ」

「わかったわ」

そのひと言は多くを物語っていた。祖母に相対すると、カリールは自分が幼くてちっぽけな人間になったような思いをすることがあった。エル・バハール王国のプリンス・カリール・カーンだと言いたい気持は必死に抑えた。ファティマに言ったところで、鼻であしらわれるだけだ。

「あなたは少しは成長したと思っていたわ、カリール」ファティマは言った。カリールの左の頬に手をやり、顔に残るかすかな傷跡を思いださせる。「教訓を忘れてしまったの？言葉ひとつで高い代償を払う羽目になるのよ」

「あのときとは状況がぜんぜん違うよ」カリールは言いはった。

「後悔するようなことをドーラに言っていないわね？」

カリールはそれには答えず、また窓のほうを向いた。ニューヨークで初めて愛を交わした夜に言った言葉を忘れたかった。心から求めているとドーラに信じさせたことを。実は自分の都合しか考えていなかったのに。

「だったら、なにも心配いらないはずよ」ファティマは穏やかに言った。「あなたの妻は聡明で、健康で、礼儀作法もしっかりしている。あなたやエル・バハールの不名誉になることはしないわ。むしろすばらしい財産になるはずよ。いずれ健康な息子も産んでくれるでしょうし」

カリールは話の行方をいぶかった。祖母の顔をじっと見つめる。「そうだね。言うことなしだよ」

ファティマはまた紅茶をすすった。「そして当然のことだけど、いつかあなたはドーラに嫌われるわ。でも、こういう結婚の場合は仕方がないのよ」

「いやだ！　ドーラに嫌われるなんていやだ」カリールは思わず口走った。

ファティマは眉をつりあげた。「でも、そうなれば、あなたの心だって彼女から離れていくでしょう？」

「あたり前だよ」

しかし、確信はなかった。認めたくはないが、ドーラに心を寄せているのは確かだ。夜ごと無理やり誘惑するなんて我慢ならない。愛しあったあと、彼女は背を向けて泣くことが多い。声を押し殺してからだを震わせている。頬は涙で濡れているはずだ。

「ぼくはどうしたらいいと思う？」カリールは祖母に尋ねた。

「困ったものね、カリール。男性はなぜものごとをむずかしくするの？」ファティマはやさしい笑みを投げかけた。「彼女のご機嫌をとりなさい。女性が望む男性になるのよ。思いやりと気づかいがある男性に。彼女を傷つけたのなら、謝るのが一番よ。償いをするの。少し折れてあげなさい。あなたはプリンスである前にひとりの男性なのよ。そのことを忘れないで」

「無理だ。そんなアドバイスは受け入れられない」

「じゃあ我慢して、毎晩彼女の部屋に通いなさい」

カリールはそれもいやだった。「引きずってでもドーラをぼくの部屋に連れてくる」

ファティマは無邪気な子供を見るようなまなざしでカリールを見た。「わたしの忠告が聞けないなら、どうしたらいいかなんてきく必要はないんじゃない？」

「ちゃんと聞いたさ。ただ、いいアドバイスとは思えないだけだ。ぼくはエル・バハール王国のプリンス・カリール・カーンだ。女性の機嫌をとったりしない」

「なんて愚かな頑固者なんでしょう。一生寂しく過ごす羽目になるわよ。それでいいのね？」

カリールは答えなかった。やがて祖母は去っていった。彼は解決法を見つけたくてオフィスを歩き回ったが、なにも思い浮かばなかった。妻の機嫌なんてとれない。笑いとばされるのが落ちだ。そんな恥をかくのはまっぴらだ。

だけど……残された解決法は、現状のまま歩み寄りを拒否し続けること。それがぼくの望みなのだろうか？　いずれドーラに嫌われることが？

13

ドーラはアイスティーをお代わりして、正面に座っているハンサムな男性を見つめた。カリールは今朝、砂漠の土地改良を研究中のアメリカの科学者たちが集まって行われたミーティングについて報告している。

「交渉はきみに任せるよ」カリールは皿の横にフォークを置いて言った。「一番厄介な連中だ」

「つまり、いやな仕事はわたしにさせるってわけね？」ドーラはにっこりしてきいた。

カリールがドーラの顔をじっと見つめる。彼の気持はわからなかったが、彼女はその魅力的な表情に、胸が高鳴るのを感じた。今は四月初めだ。ドーラがエル・バハールに来て三カ月がたとうとしている。カリールは毎晩のようにベッドに通い続けていた。そしていまだに彼のまなざしや軽い愛撫だけで、彼女の意志は揺らぎ、情熱に火がついてしまう。

「いやな仕事だからじゃない」カリールは言った。「科学者との交渉はきみのほうがうまいからだ。女性だからじゃないかな。ユーモアで相手の緊張を解いたり、足首をちらりと見せたりするんだろう」

　ドーラは床に届きそうなロングスカートに目をやった。エル・バハールの慣習であり、夫の希望でもあるので、地味な服装を心がけている。袖は手首まで、スカートは足首まであるものだ。自分の部屋ではたまにジーンズをはいてリラックスすることもあった。

「わたしの足首、すてきでしょう？」ドーラはにっこりして言った。

ほんの冗談だったのに、カリールは眉をひそめた。「夫以外の男性にからだを見せちゃいけない」

　ドーラは目の前の男性を見つめた。別居はしているが、この三カ月一緒に働いてきた。彼の考えが手にとるようにわかることもあるが、エル・バハール王国のプリンスになってしまうと、さっぱりわからなくなる。

「冗談よ、カリール」ドーラは言った。

「ぜんぜんおかしくない」

「そんなに独占欲が強いのに、鈍感なところがあるのが理解できないわ」ドーラは間を置いた。一緒のランチは一日のうちで一番好きな時間だ。「ごめんなさい。口が過ぎてしまったわ。けんかはしたくないの」

カリールはテーブルに身をのりだした。「けんかじゃないよ。話をしているだけさ」

「どこが違うの？」

「きみは物をぶつけない」カリールは苦々しげに言った。「欧米の女性らしく、冷静で礼儀正しい」

「お皿をぶつけてほしいの？」

「沈黙されるよりましだ。きみは情熱を感じることはないのかい？」カリールは手を振った。「ベッドのなかでじゃなくて、人生で。なにかを求めて闘ったりするかい？」

「もちろんよ……大事なことのためなら。あなたとは流儀が違うかもしれないけど、だからといって、わたしのやり方が間違いとは言えないわ」

「そうかもしれない。じゃあきくけど、きみは人生でなにを求めているんだい？　ぼくとの結婚ではないようだが」

ドーラは背筋をのばして顎をあげた。「どういう意味？」

「結婚してもう何週間もたつのに、まだ宮殿のはずれで別居している。一度だってぼくの部屋に来て先に求めたことはない。ぼくは毎晩仕方なくきみの部屋に通っている。きみが降参するまで抱いてキスしなきゃならない」

「あなたが決めたことでしょう」ドーラは断固とした口調で言った。「わたしはあなたが謝って、わたしを好きだと言ってくれない限り、絶対に譲らないと誓ったわ。そしてあなたは、毎晩毎晩、誘惑し続けると言った」

ドーラはカリールを見つめた。スーツにネクタイ姿ではあるけれど、わたしが今まで出会った職場の男性たちとは違う。彼は成功したビジネスマンの面とプリンスの面を持っている。出会って数週間はプリンスの面には目をつぶり、ビジネスマンの面だけを好ましく見つめていた。ところが徐々に見方が変化してきた。知れば知るほど、カリールのすべてが好きになってきた。でも彼は気むずかしいし、自分の過ちを決して認めようとしない。カリールに服従したい気持は十分あるが、それは間違っている。わたしだって心がある人間だと、彼の愛情と敬意を受けるべき人間だとカリールに理解させなければ。

「恐ろしく頑固だね」カリールはぼやいた。

ドーラは肩をすくめた。「あなたもね。似た者同士だから、いらいらさせられるのかもしれないわ」深々と息を吸いこむ。「謝るのって、そんなに大変なの？　わたしは、初めての夜、嘘をつくべきじゃなかったと認めてもらいたいだけなの。事情を説明してくれたら、力になれたかもしれない」

「どうかしていると思われるのが落ちだ」カリールは一蹴した。「あるいは結婚に条件をつけられただろう。やはりぼくのやり方のほうがいい」

「わたしの気持はどうなるの？　嘘を信じたのよ。誠意はないの？　わたしはいまだに納得できないわ。あなたがアンバーじゃなくてわたしと結婚したことが」

カリールはドーラをにらみつけた。「ぼくはきみの気持を一番大切にしている。この仕事だって与えてやっただろう？　働くことを許したじゃないか」

「許した、ですって？　冗談でしょう？」ドーラは立ちあがってカリールを見おろした。「許可したと言うけど、わたしはあなたやあなたの国に大変な利益をもたらしているわ。それは否定できないはずよ。あなたがチャンスを与えたと言うなら、わたしがもたらしたものは、それをはるかに上回っている。海外の企業との契約をかなりとりまとめたわ。わたしの貢献を忘れないで」

「きみが役にたってないなんて言っていない」カリールは言葉をにごした。「だけど、どうしてそうむずかしく考えるのか理解に苦しむよ。きみはぼくとの関係をぶち壊しにしている」

ドーラはカリールの無神経さが信じられなかった。「わたしが？　やめて、カリール。わたしのせいにしないで。この結婚にいたった醜い現実に目をつぶらないで。それを解決しない限り、過去の償いをしない限り、長続きする関係は築けないわ。努力して築きあげても、いつかは崩れる」両手をおろす。「わたしは半分以上歩み寄る気はあるけど、百パーセントはできない。あなたは自分の過ちの責任をとるべきだわ。間違っていたと認めることが、そんなにいやなの？」

カリールは立ちあがって腕時計をちらりと見た。「ミーティングがある」

ドーラは気勢をそがれてうなずいた。カリールにわたしの考えを理解させるのは無理だった。彼女は彼のオフィスを出て、自分のオフィスに向かった。

自分のオフィスに入ると、ドーラは窓辺に立ち、庭園を眺めた。わたしは間違っているの？　不可能なことを求めているかしら？　心の片隅では純粋に彼に服従したいと思っている。だが、カリールはほかの男性とは違う。強くて頑固で、自分の意志を曲げない気むずかしいプリンスだ。普通のルールなんて通用する相手じゃない。

ドーラは冷たいグラスを額にあてた。外の気温は三十度以上にあがっていた。夏が近づきつつある。

わたしが間違っているの？　過去のことは忘れてやり直すべきなのかしら？　そうしたい気持はある。心の底には、カリールと本当の結婚生活を送りたいという弱い女心がある。彼と同居して、毎晩横で眠りたい。一緒に楽しく暮らして、朝一番にカリールの顔を見たい。愛しあうときだけじゃなく、いつも彼のからだをそばに感じていたい。好きなときにカリールに触れ、彼を求めたい。本当の結婚生活がしたい。

でも、服従したら……わたしの自尊心はどうなるの？　今やさしくしてくれるだけじゃだめだ。わたしだって感情のある人間であって、敬意を払うべきだと理解させなきゃ。

今服従してしまったら、カリールの態度は決して変わらないだろう。彼を増長させるだけだ。頑固に固執すれば、思いどおりにできる、と。わたしは対等なパートナーになりたい——夫となった生身のプリンスの。それを実現させるためには、強くならなければならない。

頭のなかで声がささやいた。もし実現できなかったら？　まだはっきりとは決めていないが、エル・バハールを出たいと国王に直訴するつもりだ。カリールが認めなければ、離婚を請求することになるだろう。

日中は暑かったが、夜は涼しかった。カリールは海に面したバルコニーを行きつ戻りつしながら、心地よい潮風を感じていた。両手をポケットにつっこんだまま歩き続ける。現実に直面して、これが自分の人生だと思うと、心が乱れた。

まったく、なんて女なんだ。心のなかでののしったが、立ちどまって笑みを浮かべた。妻をののしって無理やり服従させてやりたい反面、彼女を尊敬しているのも確かだ。ドーラは勤勉だし、聡明(そうめい)で機転がきく。今日のランチのとき彼女自身が指摘したように、エル・バハールにすばらしい貢献をしている。ぼくの誇りだ。なのになぜ降参しようとしないんだ？　ぼくが折れると本気で考えているのだろうか？　あり得ないことなのに。

しぶしぶではあるが、カリールはドーラのがんばりに心が動かされ始めていた。エル・バハール王国のプリンスが祖母のアドバイスを実行しようと考えるなんて。数週間前祖母に言われたことが、いまだに頭から離れない。〝彼女のご機嫌をとりなさい。女性が望む男性になるのよ〟

カリールは暗闇(くらやみ)をじっと見つめた。なぜ妻の機嫌をとらなきゃならないんだ？　心のなかではとても尊敬しているし、賞賛してもいる。いとしくも思っている。それがわからないようじゃ、機嫌なんてとったって無駄だ。

そう思う一方で、ゲームに疲れてきているのも事実だった。ドーラに自分がほしいと言ってもらいたかった。自ら進んで彼の人生に、ベッドのなかに来てほしかった。愛情をかけてほしかった。

カリールは不意に歩みをとめた。愛情？　ぼくはドーラに愛されたいのだろうか？　一歩後ろにさがる。違う。愛なんて求めていない。女性に愛される必要なんてない。いやしくもプリンス・カリール・カーン――。

「カリール？」

名前を呼ばれて振り返ると、兄のマリクと父がバルコニーに立っていた。カリールはふたりのほうに向かった。

国王はカリールの腕を握りしめた。「カリール、おまえにつらくあたったのは間違いだった」

カリールは父とマリクを交互に見た。「なんの話だい？」

マリクは手すりにもたれた。「アンバーとのことを父上に打ち明けたんだ。あまりよく覚えていないんだが。昔のことだし、ひどく酔っていたからね。初めは夢だと思った。弟のフィアンセがぼくのベッドにいるはずがない、と。忘れたかったが、枕（まくら）に彼女の残り香があった。ぼくはどうしていいかわからなかったんだ」

アンバーの行動に責任を持つ筋合いではないが、カリールはやはり恥ずかしかった。

「もっと早くおまえに打ち明けたかった」マリクは告白した。「だけど、どう話すべきかわからなかった。アンバーだという証拠はなかったんだ」夜空を見あげる。「どうやっておまえに謝ればいい?」

国王はカリールの背中を軽くたたいた。「今朝マリクから真実を聞いた」

カリールは兄を見た。「なぜ今日になって?」

「ようやく確信できたんだ。パリに行ったとき、アンバーが訪ねてきた。ディナーに誘ったら、レストランに行く前にホテルで〝旧交を温めよう〟と言われた。それで、あの夜のことは実際にあった出来事だと確信したんだ」

国王はうなずいた。「ようやく理解できたよ。カリール、おまえは国とアレセルを守ろうとしたんだな。娘の行状を知ったら、アレセルは辞職すると思ったんだろう。おまえが電撃結婚したときに、なにかわたしに言えない事情があるのだろうと察してやるべきだった」

「どうしたらいい?」マリクは尋ねた。「アンバーの本性をアレセルに知らせる必要はないと思う。彼は娘を愛している。ひどくショックを受けるに違いない」

「わたしもショックだよ」国王は認めた。「アンバーはわたしにとっても娘同然だった。

だから、カリールと正式に婚約したときは大喜びだったんだ」ため息をつく。「マリクの言うとおりだ。わたしたちの胸におさめておこう。母上からアンバーに伝えてもらうよ。家族に会うとき以外は、なるべくエル・バハールに帰ってこないように、と。アンバーはしょっちゅう外遊しているから、外国滞在が長くなってもアレセルはとがめないだろう」

マリクは父親をさっと見てからうなずいた。兄にはもっと話したいことがあるに違いない、とカリールは感じた。しかし、話す気はなさそうだ。

「すまなかった、カリール」マリクはそう言って手をさしだした。

カリールはその手をとった。「兄さんの気持がうれしいよ。だけど、兄さんだって傷つけられた。いつの日かアンバーは変わるかもしれないけど、今のところは近づかないのが一番だ。もっと傷つけられる恐れがあるからね」

マリクは宮殿のなかに入っていった。

カリールは暗闇にたたずみ、父が口を開くのを待った。こんなとき国王をせかしてはいけない。

「おまえはなかなか機転がきくな」数分後、国王は言った。「アンバーとの結婚を回避したうえ、アレセルの顔をつぶさない方法を見つけた。代償は、わたしの怒りを買ったことだけだ」

「いずれは理解してもらえると思っていました」カリールは手すりにもたれ、暗闇を見つめながら答えた。

国王はカリールと並んで手すりにもたれた。「ドーラにはみんな驚いている。たいした手腕の持ち主だ。実は、初めのうちは疑っていたんだ。女性が欧米の企業と渡りあえるか、とね。王室のプリンセスが仕事につくなんて前代未聞だし」

「給料をめぐって言い争ったのを聞かれてしまったかな」カリールは誇らしげに言った。

「でも、彼女の懐に入るわけじゃない。すべて小児科病院に寄付すると言うんです。夫婦だからって簡単に免除してくれないんですよ」

「ドーラとの結婚を解消したいのなら、反対はしない」国王は静かに言った。「ドーラはエル・バハールで今の仕事を続けてもいいし、アメリカに帰国してもいい。おまえは自由になって、別の結婚相手を見つけたらいい。わたしは、もう縁結びはしない」

カリールは父を見つめた。結婚を解消するだって？　ドーラがエル・バハールから出ていく？　ランチのときの彼女の言葉がよみがえった。過去の償いをしない限り、長続きする関係は築けないという言葉が。

「いや」カリールはきっぱりと言った。「ドーラとは離婚しません。彼女はぼくの妻だ。まわりがどう考えようと、彼女がどう考えようと！」

翌朝早く、カリールはドーラの部屋にかけこんだ。明かりをつけて、服をベッドにほうり投げる。

「どうしたの？」ドーラは時計をさっと見た。「朝の五時よ。どうかしたの？」

カリールは服を指さした。「乗馬服だ。起きて着替えるんだ」

よく見ると、カリールは明るい色のズボンとゆったりしたシャツに着替えていた。馬に乗って国内の視察に出かけるのだろうか？　ドーラは必死に心を落ち着けようと努力したが、うれしさがこみあげるのをどうすることもできなかった。

「なぜ？」ドーラは尋ねた。

カリールはドーラを見おろした。「乗馬に行くんだ。きみの機嫌をとるためさ。十分楽しませてあげるよ。戻ってきたら、きみの気持は和らぐだろう。そうしたら愛しあおう」

カリールは真顔で話していた。わたしの機嫌をとる？　誰のアイディアなの？　カリールは進んで女性の機嫌をとるようなタイプではない。

「勝手に宣言したって、わたしを計画につきあわせることはできないわ」ドーラは答えた。

「いいや、できるよ。ぼくはプリンス――」

ドーラは手を振ってカリールの言葉をさえぎった。「わかってるわ。もう暗記している。でも、たとえ相手がプリンス・カリール・カーンだって、服従はしないわ。第一、わたしは乗馬なんてできないもの」

「心配はいらない。ぼくが教えてあげるよ」カリールのまなざしは険しくなった。「必ずきみを服従させてみせる。ぼくに抵抗しちゃいけないと警告したはずだよ。きみは妻なんだ。ぼくにすっかり心を奪われて、愛さずにはいられなくなってしまうはずさ」きびすを返してドアに向かう。「三十分以内に厩舎に来るんだよ」

「出ていって！」ドーラは枕を投げつけて叫んだ。

カリールは笑いながら後ろ手でドアを閉めた。

ドーラは膝を胸に引き寄せて抱えこんだ。カリールは本気で機嫌をとると言ったの？ 結婚生活を気にかけるようになったのかしら？ そうであってほしい。でも、確信はない。もう何度も裏ぎられている。

ベッドの上に置かれた乗馬服に目をやり、次に時計を見る。カリールのような男性はどうやって女性に彼を愛さずにはいられないという気持を起こさせるのかしら？ 機嫌をとると言ったって、彼とわたしではぜんぜん意味が違うような気がする。

ドーラは立ちあがって乗馬服をとった。カリールと乗馬に出かけよう。一緒にできることならなんでもいい。この二カ月、なにも改めない彼に、力ずくですべて押しきられるのではないかと思っていた。選択肢を与えられた今、逃げだして離婚を求めるよりも、ここにとどまり、闘って結婚生活を続けたい。

ドーラはネグリジェを脱いでバスルームに向かった。カリールを愛さずにはいられなくなる計画に、気持はもう傾いていた。

14

砂漠の熱風がドーラの頬をやさしく撫でる。彼女を乗せたおとなしくて御しやすい去勢馬は、カリールの力強い雄馬と並んで走っていた。夜明けから十五分もたたないうちに、ふたりは宮殿を出て遠くまで来ていた。

ドーラは早朝のすばらしさに感動していた。この数週間で、カリールとの乗馬が大好きになった。何日か練習場で練習したあと砂漠に出かけたのだが、初めて静かな夜明けの砂漠を走ったとき、彼女は乗馬を日課にしようと決めたのだった。

前方に、しばしば立ち寄る小さなオアシスが見えた。サドルバッグには香り高いエル・バハールのコーヒーのポットと、焼きたてのペストリーが入っている。ドーラとカリールは乗馬のとき、たいてい朝食をともにしていた。

機嫌をとるとカリールに初めて言われたとき、どういうことなのか、ドーラはまったく想像がつかなかった。乗馬のほかは、そっけなくほめ言葉をかけられるとか、オフィスに花束が届けられるくらいだろうと思っていた。しかし、彼はドーラが思っていた以上に彼女の心の壁を崩していった。国情を詳しく説明し、ふたりで変えていきたいと語った。スラム街に連れていき、ドーラの意見に真剣に耳を傾けた。国会開会後は、見学と勉強を兼ねて彼女を招いた。そして大きなブルーの目をした、ちょっと気むずかしいけれどかわいらしい白のペルシア猫を彼女にプレゼントした。

小さなオアシスに行く途中の砂丘を走りながら、ドーラは夫を盗み見た。カリールに抵抗し続けなければいけない。でも、その理由がだんだんわからなくなってきた。日に日にカリールへの愛情が深まってくる。しかし、オフィス以外では、いまだに気持の伝え方がよくわからなかった。彼は結婚生活の問題を話しあおうともしないし、わたしを欺いたことを謝ろうともしない。過ちを認めたこともない。にっちもさっちもいかない状態だ。どうやって事態を変えていったらいいのだろう?

ふたりはオアシスに着いた。澄んだ地下水がわく湖のほとりにはなつめ椰子が並んでいる。ドーラは馬をとめ、カリールがおりるのを待った。助けはいらないとわかっていても、彼は必ず手を貸してくれる。カリールにしっかりと抱かれるのは心地よかった。ベッドルーム以外で触れあえる、めったにない機会だ。

いつものように空は晴れていた。雨季はとうに過ぎて、灼熱の夏がすぐそこまで来ている。どのくらい暑いのだろう? すぐに順応できるかしら? カリールとの問題は未解決だけれど、わたしの居場所はここ以外に考えられない。彼との関係がどうなろうと、エル・バハールがわたしの故郷だ。出ていくつもりはない。

「なにか真剣に考えているみたいだね」カリールはさりげなく言って、サドルバッグからポットをとりだした。

「この国のことを考えていただけ。とても好きになったの。すばらしい国だわ。伝統的なところと現代的なところがバランスよく混在している。女性に対して進歩的な面もあるわ」

「そう思う?」カリールは尋ねた。「王室の女性が政府で働いているって噂(うわさ)だよ。エル・バハールと外国の企業の仲介役をしているんだって。信じられるかい?」

ドーラはブランケットを地面に敷いた。「わたしも同じ噂を聞いたわ。その女性、かなり頭が切れるんですって」

「そうかい?　ぼくが聞いた話だと、彼女の夫が頭が切れるらしいよ」

ドーラはわざとらしくにらんでみせた。「その噂が、あなたの一番のお気に入りね」

「そうだよ」

ドーラはサドルバッグからマグカップをふたつとりだして、ブランケットに置いた。カリールが隣に腰をおろす。彼女は彼の頬にある薄い傷跡を見つめた。ハンサムな顔にある傷跡には、最初から気づいていた。

「傷跡のことを教えて」ドーラは尋ねた。手をのばしてかすかな傷跡に触れる。「話したくないならいいけど」

カリールはマグカップにコーヒーを注いで、ドーラに手渡した。「たいした話じゃない。若くて愚かだったのさ」肩をすくめる。「十五歳のときだった。友達とフェンシングをしたんだ。お互いに自分が一番強いと思っていた。それで、勝負することになった」

「フェンシングでけがはしないでしょう」

「普通はね。先端に安全カバーをつけるから。だけど、ぼくたちは若くて愚かだった。安全カバーをつけなかったんだ。接戦になって、彼はぼくの顔をねらってきた」カリールは地平線に目をやった。「不思議だな。何年も忘れていたのに、この数週間で二回も思いだした。最初は祖母に思いださせられた」

「なぜ?」

「きみのせいで」

ドーラには意味がわからなかった。

「ひどく出血した」ドーラに尋ねられる前に、カリールは続けた。「わめきちらすと、父とフェンシングの先生が飛んできた。友達にやられたとふたりに訴えて、怒り心頭のあまり、二度と彼の顔は見たくないとののしってしまったんだ。ぼくは病院にかつぎこまれた。痛くてたまらなかった。でも、それは誰にも言わなかった」

ドーラはカリールの腕に触れた。「いやなら話さなくていいのよ」

「平気さ。数時間後には傷を縫ってもらって痛みもとれ、休んでいた。そのあいだに、友達にひどいことを言ってしまったと後悔した。それで、彼に会いたいと父に伝えたんだ」

カリールの口もとがゆがんだ。「だけど、プリンスの命令は絶対だった。友達は家族とともに山に幽閉された。ぼくは回復したあと呼び戻したんだけど、彼はその途中で自動車事故で亡くなってしまった。二度と会えなかったんだ」

ドーラはカリールを見つめた。なんて言葉をかけていいかわからなかった。「ときどき、あなたと同じ地球上にいるとは思えないことがあるの。どうやってあなたの人生を理解したらいいの？」

「他人の人生を理解するのは無理だよ。だけど、その人生を生きてきた人間を理解することはできるはずだ」カリールはドーラのほうを向いた。「想像もできないかい？」

「できるわ」

カリールがからだを寄せて腕を回してきた。唇が間近に迫っている。

「キスして」カリールは命令口調で言った。

ドーラはカリールを見つめた。「できないわ」拒否するなんてばかげているのかもしれない。でも、これが最後の砦（とりで）なのだ――ハンサムなプリンスから魂を守るための。

「きみはしたくないと思っているだけだ。できないのとは違う。まったく頑固だな。子供ができても、ぼくを拒絶し続けるつもりかい？」

ドーラはカリールから目をそむけた。子供。どうしよう。妊娠のことは努めて考えないようにしていた。でも、時間の問題だ。カリールは毎晩のようにわたしのもとに通ってきている。わたしはまったく避妊していないし、エル・バハール王国のプリンセスという立場上、街の薬局で避妊具を買うわけにもいかない。ファティマに相談することも考えたが、いくら親しくなれたとはいえ、避妊に賛成してくれるとは思えない。

砂漠のまんなかに座っているというのに、ドーラは見えない壁にとり囲まれたように感じた。この状況にどう対処すべきかわからない。

「帰りましょう」ドーラはあわてて言うと、カリールから離れようとした。

だが、カリールはドーラに腕を回したままだった。「まだだ。もうちょっとこうしていよう」

ドーラは唇を引き結んだ。カリールが気づかいを示して歩み寄ろうとしているときに、逆らうことはできなかった。

「ドーラ、きみはぼくの妻だ。なのにどうしてぼくの頼みを素直に聞いてくれないんだ?」カリールはため息をついた。「頑固でいらいらさせられるというのに、きみの顔を見ないと、一日じゅう落ち着かない。父に伝えたんだ。これからはきみと一緒じゃなきゃ外遊しないって」

ドーラはカリールを見つめた。こらえきれなくなって手をのばし、彼の左頬の薄い傷跡に触れる。大きなダークブラウンの瞳は、今まで見たこともない感情にあふれていた。愛情？　カリールは無防備になったのかしら？　彼は変わり始めたの？

ドーラは自分の気持がわかっていた。心の底ではすべてを求めている、と。夢もおとぎばなしも実現させたかった。夫の愛がほしかった。彼を愛しているから。成りゆきで始まった意志の闘いなんてやめて、本当の結婚生活を送りたい。でもやはり、問題には毅然とたち向かうべきだ。服従したいのはやまやまだけれど、カリールを増長させてはならない。わたしの気持をもてあそぶべきではないと理解させなければ。彼がしたことは過ちだとわからせる必要がある。

「キスして」カリールは懇願するように言った。命令口調ではない。

ドーラはカリールを拒絶できなくなった。彼にキスしたかった。カリールに寄りそって、そのからだを感じたかった。夫を拒絶するなんて胸が痛む。でも、あえて拒絶しなければ。

ドーラは再びカリールの顔の傷跡に触れた。彼は若かりしころの過ちを認めた。後悔していることがほかにもあると遠回しに伝えているのかしら？

ドーラはカリールの顔をしげしげと見た。わたしが結婚したこの男性はどんな人なの？　彼が心に秘めている思いがわからない。

ドーラはカリールの唇に唇を重ねた。懇願されたからではなく、少しだけ人生を共有させてくれたからだ。ほんのわずかだけれど、彼が妥協してくれたからだ。でも一番の理由は、熱い情熱で心を満たしてもらいたかったからだった。

ドーラはカリールの髪に手を滑りこませた。そして唇を閉じたまま、そっとキスをする。自ら進んで捧げたキスは、ふたりの関係を変えたように感じられた。

ドーラはカリールの肩に手を置き、ゆっくりと唇を開いた。彼がこたえてくれないので、下唇に舌を走らせて口を開かせる。舌をさし入れると、カリールはからだを震わせた。彼女からキスしたこと――彼女が服従したのがたまらなくうれしいというように。

ドーラはカリールの反撃に備えて身がまえた。だが、彼はなにもしようとはしなかった。

「ありがとう」カリールは唇を離すと、低い落ち着いた声でつぶやいた。

ドーラは待った。だが、気のきいた言葉も、勝利の宣言も返ってはこなかった。カリールは黙って彼女を立ちあがらせ、馬に乗せた。ふたりは無言で宮殿に戻った。着いてからも、カリールはひと言も言わずになかに入っていった。

「陛下がされたことを過小評価しているわけじゃありません」ドーラは辛抱強く言った。「ただ、もっとなにかできるはずだと思うんです」

ドーラの目は輝き、頬は赤く染まっていた。彼女が一生懸命なのが伝わってくる。カリールはじっと座ったまま静かに聞いていた。本当は立ちあがって、ドーラはぼくのものだとみんなの前で言いたかった。彼女を自分の部屋に引きずっていって、いつまでも愛を交わしたかった。

しかし、今は国王や兄たちと一緒にワーキングランチをとっている。ぼくが衝動的な行動に出れば、とがめられるに違いない。

カリールは静かに座っていた。妻はまだ父と議論を闘わせている。これもすべて父がドーラを視察に行かせたせいだ。今週、彼女は三日間近隣の町や村を訪ねて、毎晩いろいろなアイディアを持ち帰ってきた。

「大学はすべての国民に開かれている」国王はそう言うと、スプーンでシャーベットをすくった。「女性にもだ」

「ええ。陛下の前向きなお考えには誰もが感謝していると思います」

ドーラの声は穏やかだったが、カリールにはかすかに皮肉めいて聞こえた。生き生きとした彼女は美しい、と不意に思った。今までなぜ気づかなかったのだろう？　出会ったときはほとんどドーラに目を向けていなかった。そして、すぐに彼女と結婚してしまった。

それからはすべてに怒り、戸惑いっぱなしだった。しかし、それにもかかわらず、いや、そのおかげで、エル・バハール王国のプリンセスとなったドーラ・カーンという女性の本当の姿を見きわめることができた。確かに貴重な女性だ。めったにない状況で偶然出会っただけに、いっそう大切に思える。

「陛下」ドーラはデザートをよけて身をのりだした。「大学を女性に開放するだけでは不十分です。陛下の在位中に著しい進歩はありましたが、女性の教育なんて無駄だという考え方が、多くの家庭に根強く残っています。大半の女性は、法律に定められている六年間しか教育を受けません。頭がよくて、しっかりした意見を持つ女性がたくさんいるんですよ。なのに、彼女たちの能力が無駄になっています」

国王は濃い眉をつりあげた。「女性たちは結婚して子供を産む。無駄になどなっていない」

「もちろんです。エル・バハールの最高の財産は国民だとおっしゃるなら」

カリールは、ドーラの言葉の意味を考える父を見守った。妻は機転がきく。ぼくはすぐに落とし穴を見破ることができたが、父は引っかかったようだ。

「当然だよ。国民は国の未来だ」

「それが陛下の信念でしたら、五十パーセント近くの役だつ人材を、なぜあえて無視して無駄にされるのか理解に苦しみます。教育を受けた女性だって結婚して子供を産むことができます。でも、教育を受けなければ、技術の進歩に貢献するのは不可能ですし、教師や医者、弁護士、企業家にはなれません」ドーラは国王と目を合わせた。「女性たちが最善をつくせるようにチャンスを与えるべきです。それが国のためにもなります。女子のための進学準備校をつくっていただくだけでいいんです。大学進学に必要な知識を学ぶチャンスを与えてください」

「学校をつくるには建物や教師が必要だ。多額の資金が必要になる」

「奨学金もですよ」カリールが口をはさんだ。「息子と娘を大学にやる余裕のある家庭は少ない」

国王は眉をひそめた。「欲ばりすぎだよ」

「陛下、夢は大きいに越したことはありません。特にその夢がエル・バハールのためになるのであれば」

「きみは国政に口を出すのかね？」

カリールは笑みをこらえた。父はドーラを恫喝する気だろうか？　だとしたら、逆にショックを受けるはずだ。妻は自分の意見を持っている。ぼくにはとっくにわかっていたが。カリールは、ぬけ目なく口を閉じているふたりの兄をちらりと見た。ドーラと父を交互に見ている。ドーラを見るまなざしには、かすかに尊敬の色が見てとれた。カリールの胸に誇らしさがこみあげた。ドーラはぼくにとって都合のいい女性であり、プリンセスの条件を備えていたから選んだとはいえ、手放す気はない。ドーラ以外に、ぼく自身やぼくの世界にふさわしい女性など見つからないだろう。

ドーラは国王に向かってにっこりほほえんだ。「陛下は賢明であわれみ深い国王です。国政に口出しするなんて考えたこともありません。指摘しているだけなんです。エル・バハールの進歩を妨げているつまらない伝統に引きずられたまま先に進んでも意味はない、と」

国王はマリクとジャマールに目を向けた。「おまえたちの意見は？」

ふたりの兄弟は目配せしあった。

マリクは肩をすくめた。「ぼくたちには関係ありませんよ」

「怖いのね」ドーラは言った。

マリクはにやりとした。「プリンセス・ドーラ、ジャマールとぼくは、きみと対決したくないんだ。きみは最強の敵になり得るからね」

「最強の味方にもなり得る」ジャマールはつけ加えた。

国王は低いうなり声をあげると、カリールを見た。「おまえは言いたいことはないのか？　妻に代弁してもらって満足なのか？」

「さっきドーラが言ったような、頭がよくてしっかりした意見を持った女性の夫としては、妻に代弁してもらって満足していますよ」

国王はカリールの答えに不満げだった。ドーラに注意を戻す。「今日議論したことを非公式の議会にかけてみるよ、ドーラ。実現の可能性は保証できないが、きみのアイディアはとりあげると約束しよう。きみはやさしい女性だね」かすかに笑みを浮かべる。「欧米の女性らしく、男女平等なんていうくだらない考えに毒されているが」

「くだらないというのは？」ドーラは尋ねた。「意見を言う女性のほうがですか？　それを聞く男性のほうがですか？」

国王は笑いだした。「さあ、みんな、行きなさい。今日じゅうに仕上げなければならない仕事があるんだ」

全員が立ちあがり、国王のプライベート・ダイニングルームを出ていった。マリクとジャマールはそれぞれのオフィスに向かったが、カリールはドーラの腕をとって引きとめた。

「ちょっとバルコニーに出よう。少し気を静めたほうがいい」カリールは言った。

「わたし、いらいらしてなんかいないわ」そう言ったものの、ドーラはカリールに促されるままバルコニーに出た。

夏の暑さがからだにこたえる。日中の気温は三十八度以上にあがっていた。ふたりは日陰から出ないようにして、ゆっくりと歩いた。

「あなたが言ってくれたこと、うれしかったわ」ドーラはカリールの手に手を絡ませた。「頭がよくてしっかりした意見を持っているから、わたしに代弁させておいても安心だって陛下に言ってくれたでしょう。わたしにはとても大きな意味があったわ」

「真実を言ったまでさ」カリールはさりげなく言ったが、ドーラに感謝されてうれしかった。「確かにきみは頭がよくてしっかりした意見を持っている。だから、あの問題については代弁してもらってよかったよ」

「そういうことなのね。あの問題だけで、ほかは違うってことね」

カリールは立ちどまり、ドーラと向きあった。「きみだってなにからなにまで代弁されたらいやだろう。深い意味はないんだ。なぜそうやって、つっかかってくるんだい？」

ドーラは大きく息を吐きだした。いくらか肩の力がぬけたようだ。「ごめんなさい、カリール。陛下と議論したせいで、まだいらいらしているんだと思うわ。すべきことがたくさんあるのに、遅々として進まない気がして」

「確かにそうかもしれない。でも、いずれ実現するよ。きみは国民に身を捧げている。それはぼくにとっても、父にとっても大きな意味があることなんだ。父は耳を貸してくれるよ。賢い人だから」

「わかってるわ。わたしは子供っぽいのよ。なにかほしいと思ったら、今すぐほしいの」

カリールはその気持がよく理解できた。ドーラに対して同じ気持を抱いている。彼女を自分の言いなりにさせたかった。今すぐ彼女がほしかった。

ふたりはオフィスに向かって歩き始めた。

「ここにはチャンスがたくさんあるわ」ドーラはそう言って、またカリールの手をとった。

「腕まくりして仕事にかからないと」

「もうそうしてるじゃないか」

カリールは話を続けたかったが、絡められたドーラの手の感触に気もそぞろだった。先週のキス以来、触れあう機会が多くなった。しかも、彼女のほうから触れてくることが。ああ、ふたりのあいだの問題は解決したと思いたい。しかし、頭がよくてしっかりした意見を持つ反面、ドーラはひどく頑固だ。

ふたりはオフィスへ続く廊下に入った。あたりは騒がしい。急いでやってきたマーティンがドーラを見て立ちどまり、ほほえんだ。

「ごきげんよう、プリンセス」マーティンはとっておきの秘密を握っているかのようににやにやしている。「ランチはお楽しみになりましたか？」

「ええ」ドーラはいぶかしげに答えた。

「まだオフィスには戻られていないんですか？」マーティンは尋ねた。

ドーラは眉をひそめた。「ええ。でも、なぜ？」

「びっくりされますよ」

カリールはからだをこわばらせた。びっくりする？　思いあたることはひとつしかない。ジェラルドが突然現れたのだろうか？　嫉妬(しっと)がわきあがり、胸をナイフで切り裂かれたように感じた。ドーラとのあいだには解決すべき問題はあるかもしれない。だが、あんな卑劣な男のもとに彼女を返す気はない。ドーラとともにエル・バハールに帰国した直後、極秘でジェラルドの身辺調査をしたが、会社を首になって故郷に戻ったということだった。ドーラの居場所はわからないだろうし、一度電話をかけてきたきりで、以来連絡はない。

そんなに思い悩むほどのことではないだろう。カリールはそう自分に言い聞かせながら、ドーラをオフィスへと促した。

だが、ドーラの部屋は空っぽだった。ドアのところで出迎えたエバは、マーティンと同じように満面に笑みを浮かべている。

「こちらです、妃殿下」エバはふたりを廊下に連れ戻して、反対側の執務棟に案内した。首相兼副大蔵大臣のオフィスがあるところだ。近くの大きな両開きのドアに、男性がネームプレートを固定していた。

ネームプレートには、〝プリンセス・ドーラ・カーン、女性問題副大臣〟と書かれている。

ネームプレートに見入る妻を見ているうちに、カリールは誇らしさで胸がいっぱいになった。彼女の顔にはいろいろな感情が交錯していた——初めは衝撃、次に驚き、困惑、理解、喜び。

「どういうことなの?」ドーラはカリールのほうを向いた。「ランチのあとで陛下が決定されたとは思えないわ。そんな時間はなかったでしょう?」

エバは笑った。「そのとおりです、妃殿下。数日前から計画されていたんです。そうそう、陛下のお荷物を移動するために、ワーキングランチに時間をかけられたんです。妃殿下は欧米の企業との仲介役も続けてほしいとおっしゃっていました。こちらのお仕事もあってお忙しいでしょうから、六人くらいのスタッフを議会で承認してもらうそうです。おめでとうございます」

ドーラは驚いた顔をカリールに向けた。「あなたは知っていたの？」

「いや。ぼくから父に頼んだわけでもない。ドーラ、これはきみが自力でなしとげたことだよ」

ドーラはカリールに飛びついた。「ありがとう」

カリールの視界の片隅に、ふたりを残してオフィスに入っていくエバが見えた。妻を抱きしめて、その甘いにおいを吸いこむ。

「言っただろう。ぼくはまったくかかわっていない。ぼくに感謝することなんてないんだよ」

ドーラはカリールを見つめた。目に涙がこみあげてくる。「いいえ、感謝しなきゃ。直接かかわらなかったかもしれないけれど、これを実現させてくれたのはあなたよ」爪先立ちになって彼にキスをする。「仕事を始めなきゃ」

カリールは、両開きのドアの向こうに消えていくドーラを見守った。彼女はごく短期間にたくさんの成果をあげた。エル・バハールとぼく自身に対して。ドーラなしの人生なんてもはや想像もできない。

どうしたら、このすばらしい女性を自分のものにできるのだろう？　彼女の望みはわかっている。ぼくはひとりの男としてもプリンスとしてもそれにこたえなければならない。

ぼくにできるだろうか?

カリールは自ら招いた状況のせいで身動きができなくなっていた。

15

「ドーラ、服従するのがいやな理由を教えてくれ」カリールはドーラのベッドルームのまんなかで声を荒らげた。裸足（はだし）で、シャツの裾（すそ）はズボンから出ている。ドーラはブラジャーとパンティの上にブラウスだけを身につけていた。キスの最中に、カリールが服を脱がせろと命令した。そのとたん彼女は情熱が冷めてしまい、なにも考えずに彼を拒否したのだ。

「理由はわかっているでしょう」ドーラは穏やかに答えた。

理由を教えるよりも闘ったほうがいい、とドーラは考えた。長いあいだ真実を求めて闘ってきたのだから、このまま闘い続けよう。子供の誕生という重大な心配事だってある。わたしとカリールは、親になる前に夫婦にならなければならない。少なくともそれだけは忘れてはいけない。

「まったくわからないな」カリールは言いはった。「もう四カ月近くたつんだ。なぜぼくを愛していると認めようとしないんだ？」

カリールの言葉を聞いて、ドーラは出かかったため息を抑えた。「言いなりにさせたくて、愛せと言うんでしょうけど、妻を従属させるだけが夫婦じゃないわ。わたしはパートナーになりたいの。あなたにはそれがわかっていないのよ」

「もちろんわかっているさ。きみにへつらってもらいたいわけじゃない。自分の気持を認めてほしいだけだ」

カリールを愛している、と？　愛していなかったら、彼と暮らしたり、仕事をしたり、乗馬に出かけたり、男女のもっとも親密な行為をしたりしない。でも、カリールにそれを認めさせる前に、わたしが認めるわけにいかない。

プライドだけが問題なら楽にのりこえられるだろう。でも、そう単純なものではない。本当は、カリールを愛していても、心から信頼できないのだ。彼を愛しているからこそ、自分が愛されているのかどうか知りたい。子供の誕生を心から喜び、強い絆で結ばれた家族になりたいから。飽きられて捨てられるなんていやだ。わたしはカリールに心の鍵を握られている。だから、わたしも彼の心の鍵がほしい。

「あなたこそなぜ自分の気持を認めないの？」ドーラは尋ねた。「まったく頑固なんだから。愛している、すまなかった、すべてうまくいくと言って」

カリールは手を振ってドーラの言葉を一蹴した。「いつまでこんなゲームを続けるつもりなんだ？」

「必要ならいつまででも」ドーラは腰に手を置いた。「カリール、わたしが言いたいことはわかっているはずよ。あなたはそれに耳を傾けたくないのね。あなたって結婚したときからまったく変わらないわね。わたしの不幸に乗じて、好意を持っていると嘘をついた。愛しているふりをして、結婚をせかしてここに連れてきた。考える余裕も与えてくれなかったわ」

カリールのダークブラウンの瞳に怒りが燃えあがった。「ぼくたちは結婚した。きみはその事実を忘れているようだね。この問題の一番重要な点はそれだよ。花嫁として連れてきたんだから、光栄だっただろう」

ドーラはカリールをにらみつけた。「あら、そう。わたしは結婚を承諾したんだから、あなただって光栄だったんじゃない？」

「いや」カリールは答えた。「ぼくと出会う前の人生を振り返ってみるがいい。惨めで、なんの価値もなかったじゃないか。ぼくが今の世界を与えてやったんだ。プリンス・カリール・カーンが――」

ドーラは一歩カリールに近づいた。「やめて。続けたら、今すぐこの部屋から追いだすわよ」

ドーラは歯をくいしばって涙をこらえた。カリールの思いやりのない言葉に、心の底まで深く傷つけられた。なんの価値もない？　わたしはそんな存在だったの？　結婚したとき、そんなふうに思われていたの？　彼女は目を閉じて、ゆっくりと息をした。よくわかった。即座に答えを返してきたことからも明らかだ。そう、彼はわたしのことも結婚のことも、まったく意に介していなかったのだ。なぜかわからないが、彼は大変な状況に追いつめられていた。要するに、わたしは条件に合う、とても都合のいい女だっただけ。

そのとき、温かいものが頬に触れるのを感じた。目を開けてみると、夫がそばに来ていた。

「軽率だった」カリールはかすかに笑みを浮かべて言った。「当時はきみをよく知らなかったから、妻にできて光栄だとは思わなかった。でも、わかったんだ。きみみたいなすばらしい女性と人生をともにできてぼくは幸せだよ」

ドーラはカリールに服従したかった。身につけているものをすべて脱ぎ捨て、ふたりで大きなベッドで朝まで愛を交わしたかった。愛をささやいてもらい、抱きしめてもらえれば、わたしのなかにひとつの命が宿った可能性がある、と勇気を出して伝えられる。

しかし、ドーラはなにもしなかった。カリールったら、まったく頑固なんだから。わたしも負けそうなくらい。そう思うと、彼とのやりとりがおかしくなってきた。

「間違っていたと言って」ドーラは小声で言うと、カリールに腕を回した。「悪かったと言って。愛していると言って」

カリールはドーラをつき放した。「不可能なことを求めないでほしい。きみはいまだに夢を求めている。ぼくはカリール・カーン。エル・バハール王国のプリンスだ。女性の命令は受けない。ぼくたちの関係を受け入れて、感謝するんだ」

ドーラは背筋をのばした。名前と称号を聞かせられるのには辟易していた。

「そのとおりかもしれないわ、プリンス・カリール。でも、ひとつとても大切なことを忘れている」

「なんだい？」カリールは眉をつりあげた。

「わたしはドーラ・カーン。エル・バハール王国のプリンセスよ。嘘つきとベッドはともにしないわ」

ドーラは歩いていってドアを開けた。カリールはゆっくりと彼女に近づいた。

「これが意志の闘いの結論か？」カリールは尋ねた。

「必ず意志の闘いになるわね。今回がいつもと違うのは、初めてあなたが勝てなかったという点」

カリールはドーラをにらみつけた。「きみは絶対にぼくには勝てない。調子にのりすぎないことだ。さもないと必ず後悔するよ」

ドーラは希望や夢を思い浮かべた。ここまでやってきて、なんの進歩もなかったとは。

「カリール、もう後悔しているわ。なぜあなたを拒否していると思う？　頑固だからでもないし、あなたをこらしめたいからでもないわ。心の痛みのせいなのよ」

それ以上言葉が見つからず、ドーラは静かにドアを閉めた。夫をしめだし、ひとりになりたかった。

カリールは廊下に立ちつくしていた。こんな仕打ちを受けた自分の境遇や運命にあたりちらしたかった。なぜ妻のベッドからしめだされなきゃならないんだ？　ドーラはどういうつもりなんだ？

カリールは閉められたドアをにらみつけて、入れろと命令しようかと考えた。しかし、無視されるかもしれない。なにしろドーラは頑固だ。まったくいらいらさせられる。だが、頭はいいし、仕事もできる。今まで誰も目をつけなかったエル・バハールの可能性に目を向けたくらいだ。

こんな単純なことに、なぜドーラはしたがえないんだ？　ぼくがしたことを謝れなんて、どういうつもりなんだろう？　すばらしい人生を奪われたわけじゃないだろう。寂しくて、仕事もなくて、フィアンセに捨てられて……。

ふと別の考えが浮かんで、ひどく胸が騒いだ。カリールは気をそらすために歩きだした。歩き慣れた廊下を急ぎ、自分の部屋に向かう。だが、なかには入らずに立ちどまって考えた。

ドーラも人間だ。権利も心もある。女性だからといって利用したのは過ちだった。

ドーラを愛していると認めるのか？　いや、ばかげている。カリールはドアを開けてなかに入った。闇にとり囲まれたような気がした。ドーラがほしかった。互いに燃えあがり始めたところでおしまいになり、情熱を静める時間がなかった。ぼくのからだは彼女をすばらしい天国に連れていける状態だったのに。ドーラを抱きしめたくて腕がうずく。彼女の名前を口にしたくてたまらない。

ドーラは愛の言葉とばかげた謝罪を求めている。ぼくは彼女に富と権力を与えた。それなのにドーラは勝ちを譲ろうとしない。祖母にはドーラの機嫌をとれと言われたが、先に彼女が降参すべきだ。ぼくにはプライドがある。しかし、どちらかが折れなければ、この結婚は失敗に終わる。

ドーラが到着したとき、パーティはたけなわだった。パーティ会場の入口で立ちどまり、きらびやかな装飾や華やかな出席者たちにうっとりと見とれる。ギボン国王が親友の首相アレセルの誕生日を祝うために、〝ささやかな内輪のパーティ〟を開いたのだ。〝ささやか〟と言っても、王族のそれは絢爛豪華で、百人以上が出席していた。

ドーラは深々と息を吸い、緊張を解こうとした。気分はいいし、見た目も大丈夫。一時間前に盛装したとき、そう自分に言い聞かせたはずだ。

エル・バハールに来てからのばし始めた髪は、エレガントに結いあげてある。数週間前にカリールと仕事のミーティングでパリに出かけたとき、ファティマに紹介された高級サロンでお手入れをしてもらった。その後、一流のメイクアップ・アーティストからメイクの手ほどきを受けた。乗馬と、宮殿の長い廊下を行き来しているおかげで、五キロもやせた。モデルのような完璧(かんぺき)な容姿ではないけれど、魅力的で生き生きとした女性になった。それにもかかわらずドーラは、臆病(おくびょう)な子供のように薄暗い戸口でしりごみしていた。カリールがいてくれればいいのに。

　ドーラはため息をついた。夫がゲストを出迎えているあいだ、彼女はバスルームで吐いていた。朝に吐き気を覚えることが多い。しょっちゅうつわりがあるわけではないが、だいたい数時間ごとに波のように押し寄せてくる。妊娠をカリールに伝える方法がいまだに見つからないので、ドレスにしみがあるから着替えると言いわけして彼を先に行かせた。嘘をついたばかりに、ひとりでパーティ会場に来る羽目になってしまった。

　ドーラは盛装した人々のあいだを縫って、バーコーナーに向かった。炭酸水をワイングラスに注(つ)いでもらって、笑顔をつくる。

「妃殿下」背後から聞き慣れた声がした。

振り向くと、マーティン・ウィングバードが急いでやってきた。背の高い、堂々とした男性と一緒だ。ドーラは立ちどまった。

「こんばんは、マーティン」

「妃殿下」マーティンは頭をさげると、連れをさっと見た。「こちらはアンドリュー・ホール卿です。若い女性に大学進学のチャンスを与えるという妃殿下のプロジェクトについて、お話ししたいそうです」

ホール卿はさしだされたドーラの手をとり、深く頭を垂れた。「妃殿下、パーティの最中に仕事の話をするのもどうかと思ったのですが、エル・バハールには長くいられないもので。亡くなった妻は女性の教育の必要性を訴えていました」深いブルーの目が悲しげな色を帯びる。「妻のためにも、わたしはそれに人生を捧げたいと思っています。妃殿下は女性に教育の機会を与えるよう国王を説得されたそうですね。そこで、わたしは優秀な女学生に奨学金を提供して、イギリスの大学に進学させたいと考えているんです」

ドーラは細身の男性をじっと見た。「わたしのプロジェクトについてどこでお聞きになったんですか？」

「ニュースはあっという間に伝わるものですよ。妃殿下は王室のなかでも尊敬の的となっております。みんなが注目しています」

ドーラは笑った。「信じられません。いまだにこういう生活に慣れていないものですから」パーティ会場を手ぶりで示す。「ホール卿、ぜひとも奨学金の話を聞かせてください。明日もエル・バハールにいらっしゃいますか？」

「仕事で三日間滞在します」

「そうですか」ドーラはマーティンを見た。「ホール卿とのミーティングをスケジュールに入れてください」ホール卿に注意を戻す。「お話を楽しみにしています」

「こちらこそ」ホール卿はうなずいて去っていった。

　ドーラは炭酸水をすすった。わたしの生活は本当に変わった。六カ月前はこんな世界なんて想像もつかなかったのに。

　ドーラは会場を回って、知りあいには挨拶(あいさつ)を、初対面の人々には自己紹介をした。そうしながらもカリールを捜し続ける。彼はどこでなにをしているの？　ようやく見慣れた姿を見つけたとたん、彼女はその場に立ちすくんだ。

　パーティ会場に続くいくつもの小部屋のそばにドーラは立っていた。背後では音楽が演奏され、人々が談笑しているが、前方は静かだ。そのときまた人の動く気配がした。女性のドレスが揺れて、ほっそりとした腕が見える。なじみのある感覚……危険なにおいがした。

　アンバー。カリールのフィアンセだった絶世の美女だ。見事なからだを強調するまっ赤なシルクのドレスをまとっている。豊かな黒髪は高く結いあげているため、首がとても細く見えた。

　ドーラは彼らから見えないところに立ち、押し寄せる苦しみや痛みと闘っていた。すてきなドレスと宝石を身につけ、きれいにメイクをしていても、アンバーとは比べものにならない。ドーラは惨めな気分だった。逃げだしたいが、足が動かない。

　自信も幸せも、砂漠の太陽にさらされたボウルの水のように消えてしまった。カリールの言ったとおり、わたしにはなんの価値もないのだ。

　挫折感が重くのしかかってきた。ドーラは無理やりきびすを返した。自分の部屋に逃げこみ、傷ついた心を癒したかった。そのとき音楽がやみ、パーティ会場は静かになった。小部屋の声が聞こえてくる。

「カリール、あなたがほしいの」アンバーが甘い声で言った。「わたしこそ運命の妻よ。あんな見苦しい女じゃない。なにを考えていたの？　わたしがいながら、彼女と結婚するなんて。彼女のことなんか愛していないでしょう。わたしが間違っていたと認めるわ。あなたと一緒にいたいの。あなたの息子がほしいの」

　ひどい。ドーラの目は涙でかすんだ。急がなければ。うっかり音をたてたら、立ち聞きしたことがふたりに知れてしまう。

　ドーラはドアに向かった。苦しみが胸に広がる。アンバーのような女性とはりあおうなんて、なぜ考えたのかしら？　夫がわたしを愛していると認めないのも当然よ。本当に愛していないのだから。彼にはほかに愛している人がいて、わたしで手を打ったにすぎないのだ。カリールにいつの日か愛されると考えるなんて愚かだった。

　ドーラは嗚咽をもらしながらドアを開けて闇夜に出た。だが、気が静まるどころか、ほのかに甘い香りにむかむかしてきた。バルコニーの端にかけ寄って、鉢植えに吐く。ジェラルドに拒絶されたときはどん底だと思ったが、今度のほうがもっとひどい。

「そんなに苦しむことないわ」穏やかな声が聞こえて、上質のハンカチが手に押しつけられた。

ドーラはありがたく受けとり、口もとをぬぐった。見あげると、ファティマが横に立っていた。

「真実から目をそむけるのをやめれば、楽になるわよ」

「そういうことじゃないんです」

ドーラは無理やり笑みを浮かべようとしたが、できなかった。

いつものようにお気に入りのシャネルの服を着たファティマが身を寄せてきて、ドーラの手を軽くたたいた。「あなたが思うより、わたしは多くのことを知っているのよ。ほかの人たちには見えないものが見えるの。わたしが見えないものは、わたしのスパイが教えてくれるわ」

ファティマはスパイを雇っているの？　あり得るわ、とドーラは思った。

「カリールと別れられなくなったんです」ドーラは言った。声がちゃんと出ているかしら。

「愛しているだけなら、つらくても別れられます」

「そうかしら。口ではなんとでも言えるわ」ファティマはやさしく言った。手すりに寄りかかり、空を見あげる。「きれいな星ね。たくさんまたたいている」ため息をつく。「妊娠しているなら別れられないわね。エル・バハールの法律では、妊娠中には離婚できないの」

ドーラもよくわかっていた。「妊娠中に離婚できるのは、夫が妻や子供を虐待したときだけ。この数カ月でエル・バハールの法律には詳しくなりました」

ドーラはおなかに手をやった。命が育っている。じきに誰の目にも明らかになるだろう。ああ、どうしたらいいのかしら？

「わたしが妊娠していることを、どのくらいの人が知っているんですか？」ドーラは尋ねた。

ファティマは笑った。「男性には、教えない限りわからないわ」

だとしたら、時間はまだある。でも、なにをするの？「なにも変わらないと思うんです」

ふたりは静かな闇のなかで夜気に包まれていた。パーティの音はほとんど聞こえない。ドーラはいつまでもそこにいたかった。なかに戻って夫の顔を見たくない。

「なにをどう変えたいの？」ファティマは尋ねた。

「なにもかも」ドーラはため息をついた。「カリールを愛するのはとてもむずかしい。けれど、子供ができたら、永遠に別れられなくなります」エル・バハールの法律では、子供が生まれてしまえば離婚はできる。でも、なんのために？　王室は子供を手放さないだろう。カリールも共同親権は認めないはずだ。第一、わたしは離婚なんてしたくない。夫に愛してもらいたいのだ。

「なにもかもじゃないでしょう」ファティマはたしなめた。「要するに、優先順位の問題よ。言わせてもらえば、あなたはやり方を誤ったのよ」

ドーラはファティマをちらりと見た。「どういうことですか？」

「まず一番ほしいものを手に入れないと」ファティマはドーラのほうを向いた。「あなたはカリールの第一子を身ごもっているのよ。ほかの女性には持てない力を持ったということだわ。でも、その力を使うときは慎重に。自力で夫の愛を勝ちとりなさい」

ドーラの目に涙があふれた。「誰の目にも明らかなんですね……カリールがわたしを愛していないことが」

ファティマはドーラの腕に触れた。「明らかなのは、あなたたちは愛以外の理由で結婚したってこと。王族の結婚ではよくあることよ。とても運がいい人だけ、かたい決意がある人だけが結婚してから愛を見つけられるの。あなたは愛がほしいんでしょう？　カリールの愛が」

ドーラはうなずき、頬の涙をぬぐった。「どうしてもほしいんです。寂しい生活はもうたくさん。ずっとそういう生活をしてきたんですもの」はなをすする。「でももう手遅れです。彼はアンバーを愛している。彼女とはりあったって無駄です。若いし、ずっと美人だし」

ファティマはドーラの言葉を打ち消すように手を振った。「アンバーなんてなんの価値もないわ。あなたはプリンセスなのよ……すでにカリールの妻なの。アンバーはあなたが考えているような女性じゃない。マジシャンの煙みたいなものよ。演技中は目を奪われるけれど、終わったらなにも残らない」じっとドーラを見つめる。「カリールはあなたと結婚するために大変な苦労をしたのよ。フィアンセにも、王室の伝統にも背を向けた。国王の怒りを買う恐れさえ顧みなかった。なぜか考えたことはある？」

ドーラはカリールの言葉を思い浮かべた。「アンバーはいい母親になれないって彼は言っていました」ずきずきしてきたこめかみをさする。「でも、ものすごい美人だわ」

「美しさはきれいな心から生まれるものよ。長い脚や端整な顔だちからじゃないわ」ファティマは胸をはった。「わたしが結婚したとき、ハーレムは今と違ったの。昔は世界じゅうから美女が集められていたわ。夫は妻のわたしには目もくれようとしなかった。甘いお菓子があったら、普通のパンを選ぶ人なんていやしないでしょう？」

ドーラは返す言葉を失った。「で、どうされたんですか？」

「わたしは名目上の夫婦では満足できなかった。だから、夫の心を自分のものにしたの。あなたもそうなさい」

したいけれど、そんな簡単にできるかしら。「どうしたらいいんでしょう?」

ファティマはにっこりした。「カリールが一番望んでいるものを与えなさい。ほかの女性たちが与えられないものを。そうすれば、あなたは人生で一番ほしいものを手に入れられるわ」

16

「カリールが一番望んでいるものを与えなさい……そうすれば、人生で一番ほしいものを手に入れられる」ファティマがバルコニーから出ていって、ひとりきりになると、ドーラはつぶやいた。「もちろんよ。その言葉を頼りに生きていくわ。でも、どういう意味なのかしら」

大きな声で言ってみたけれど、答えは浮かばなかった。またこみあげてきた涙を必死に抑える。これ以上泣きたくない。不幸にはなりたくない。結婚生活を成功させる方法を考えなければ。さもなければ離婚だ。カリールとのゲームにも疲れてきた。

でも、なにから始めたらいいのだろう？　わたしはどう変わるべきなの？　頑固きわまりない夫に真実を悟らせるにはなにをすればいいの？　ファティマが言ったように、カリールが一番望んでいるものを与えられるだろうか？　それがわかるほど彼の心を理解している？

バルコニーから出ようとしたとき、暗がりから女性が現れた。

「まあ、プリンセス・ドーラ。またお会いできてうれしいわ」

ドーラは凍りついた。アンバーが目の前に立っていた。

「アンバー、わたしもまたお会いできてうれしいわ」ドーラは堂々とお辞儀をした。「パーティはお楽しみかしら？」

「もちろんよ。家族に囲まれてお祝いされているから、父は喜んでいるわ」アンバーはわずかに唇をつきだした。「父はわたしの外遊をあまり快く思っていないの。でも、エル・バハールには長くいられない。つらすぎて」

ドーラは同情すべきだと思ったが、そんな気持にはなれなかった。アンバーの言葉も信じられない。「フィアンセだった男性と新妻のそばにいるのは、さぞつらいでしょう。外遊できてよかったわね。気分転換になるし、視野も広がるわ」

アンバーは細い眉を寄せた。「ずいぶん自信ありげね、妃殿下。でも事実は見かけどおりとは限らないわ」

「そうかしら？」ドーラは結婚指輪を見せつけるようにちらりと見た。「彼と結婚できたのはわたしなのよ」

「彼の名前と指輪はもらえても、心は無理よ。彼の心はわたしのものだわ」

ドーラはすぐには言い返さなかった。アンバーは本当に人の心がわかるのかしら？　わたしがカリールの心をとらえていないのは確かだ。

アンバーは一歩ドーラに近づいた。「わたしたちはまだ恋人同士なの。カリールは来られるときにはわたしのもとに来てくれるのよ」

ドーラはアンバーの言葉を否定したかった。カリールは毎晩のようにわたしのベッドに来ている。積極的で、情熱的で、ほかの女性とベッドをともにしているなんて、とても考えられない。彼には欠点もたくさんあるけれど、裏ぎり行為をする人ではない。

そうかしら、という小さな声が頭のなかにこだました。カリールは初めての夜に嘘をついたじゃない？　自分が間違っていた、わたしを傷つけてしまったと認めるのを、頑固に拒否しているじゃない？

「そんな時間があるとは思えないわ」ドーラは冷静に言った。怖くてつらくて震えているのを、アンバーに悟られまいとした。

「もちろん、あなたはわからないでしょう」アンバーは嘲るように言った。「あなたの部屋は宮殿のはずれでしょう。わたしが彼のベッドに忍びこんだって、彼がわたしのベッドに忍びこんできたってわからないはずよ」もう一歩近づき、ドーラの腕をつかむ。「今夜も約束しているの。あなたはひとりの夜の過ごし方でも考えたら」

ドーラはアンバーの手を振りほどいた。アンバーの話なんて信じるものですか。だが、つらくて胸がはり裂けそうだ。「嘘だわ。カリールにあなたが嘘をついたと言いつけるわよ。そうしたらあなたは宮殿から追放されるわ」

アンバーは笑った。「父はエル・バハールの首相で、国王の親友なの。わたしたちは代々王室と親しい関係にあるのよ。誓いの言葉や指輪なんて、愛しあっているわたしたちの障害にはならない。カリールにきいてごらんなさい。あなたなんかには、はなも引っかけていないってわかるはずよ。あなたになんの価値もないって」

「わたしはカリールの妻よ」

「今はね」

ドーラは肩を怒らせた。「アンバー、あなたにもいずれわかると思うわ。妻の力は見かけより強いってことが。あなたは若くて美人だけれど、この闘いに勝つのはわたしよ」

アンバーは肩をすくめた。「見てみましょう。今夜彼があなたのベッドに行かなかったら、わたしの言葉が嘘じゃないとわかるはずよ」

ドーラはアンバーをののしりたかったが、子供じみていると思ってやめた。その代わり、華やかなパーティ会場に戻って夫を捜すことにした。

しかし、なかに戻ったとたんに息が乱れ、脚が震えた。気分が悪い。つわりのせいではなかった。もしアンバーの言葉が本当だったら……。

ドーラの目から涙があふれた。ああ、カリールを失いたくない。ここまでがんばってきたというのに。彼を愛している。最初から愛していたのかもしれない。彼がいなかったら、以前にもまして惨めでつまらない人生になってしまう。

そのとき、前に人影が立ちはだかった。見あげると、カリールが立っていた。

「気分が悪そうだね。大丈夫かい？」

ドーラは口を開きかけたが、思い直した。言ってどうなるの？　アンバーの嘘を言いつける勇気なんてある？　嘘じゃない可能性だって少しはある。アンバーの言葉が事実だったら、わたしは完敗だ。

「ちょっと疲れたみたい。部屋に戻るわ」ドーラは弱々しく答えた。

カリールは守るようにドーラに腕を回してパーティ会場から連れだした。彼女の部屋に入ると明かりをつけて、やさしく服を脱がせ、ベッドに寝かせた。

「父にきみが中座した理由を言ってくるよ」カリールは言った。その声はやさしく、表情は気づかいにあふれていた。「ゆっくり眠れば、朝には気分がよくなるだろう。今夜は邪魔しないよ」

カリールは気分が悪いことを察してそう言ってくれているだけよ。アンバーとはなんの関係もないわ。そう自分に言い聞かせても、ドーラは不安だった。

「それほど気分が悪いわけじゃないわ。パーティが終わったら……」ドーラはつぶやいた。

カリールは首を振った。「無神経だとしょっちゅうきみから責められている。だから、今日は闘いの原因になるようなことはやめるよ。気分が悪いなら、無理強いはしない」悲しげな笑みを浮かべる。「いとしのドーラ、今夜のきみには抵抗する力なんてなさそうだから」

カリールはドーラの額にキスをして部屋を出ていった。

カリールの後ろ姿を見つめながら、ドーラは戻ってきてほしいと願っていた。まさか……。アンバーが言ったことは本当なの？

ドーラは起きあがり、膝を抱えた。ここまでやってきたあげく、すべてを失うの？　勝利はわたしのものじゃなかったの？

ばかね。カリールに言われたじゃない。わたしにはなんの価値もないって。そのとおりなのよ。わたしは栄誉を与えられた秘書にすぎない。たまたま富豪のプリンスの気を引くことができただけ。美人だから？　機転がきくから？　賢いから？　いいえ、単に都合がよかったから。子供を産むのにうってつけのヒップを持ったバージンだったから。それが栄誉だなんて、とんでもないわ。

涙がとめどなくあふれてきた。ドーラは膝を胸に引き寄せた。つかんだと思った幸せが流れていくのをくいとめようとするかのように。しかし、幸せは残っていなかった。残っているのは苦しみと痛みだけ。ああ、こんなことになるなんて……。

しばらく泣いたあと、ドーラは涙をぬぐい、苦しみをとり去る方法はないか考えた。カリールとの関係は終わった。わたしは彼に愛されていない。望まれてはいなかったのだ。アンバーの言葉が嘘だとしても、彼女はカリールを勝ちとると断言した。わたしにはとめる手だてはない。アンバーでなくても、また別の美女がカリールを求めるだろう。彼はすばらしい男性だ。女性なら誰だって憧れるはず。

〝カリールが一番望んでいるものを与えなさい〟

ファティマの言葉がよみがえった。ドーラはよく考えてみたが、今は無意味に思えた。なにを与えられるっていうの？　相手はハンサムな富豪のプリンスなのよ。

ドーラはいらだたしげに上がけを跳ねあげた。バルコニーに向かって勢いよく歩きだす。心のなかにむなしさがどんどん広がり、のみこまれそうだった。偽りの結婚に逃げ道はない。希望も――。

そのとき足をつまずかせてはっとわれに返り、暗がりでくるりと振り返った。薄暗いベッドルームに目をこらすと、ドレッサーの鏡に映った自分の姿が目に入った。

身動きもせずに自分を見つめる。まるで別人のようだ。エル・バハールでの暮らしが外見を変えたのだろう。新しい生活が心に影響したのかもしれない。恥ずかしそうに目を伏せてはいないし、自信なげに首をかしげてもいない。背筋をぴんとのばし、自信を漂わせている。モデルのように細身になったわけではないが、からだもほっそりした。髪をのばしたせいか、表情が和らぎ、近づきやすい雰囲気をかもしだしている。

この数カ月で、臆病者が自信に満ちた女性に変身していた。カリールが言うような砂漠の山猫には見えないけれど、著しい進歩だ。

ドーラは、書類が山と積まれた机に向かった。仕事は忙しかった。スケジュールにはミーティングがぎっしりつまっているし、その合間にスピーチを考えたり、電話をしたり、もちろんカリールと過ごす時間もある。もはや誰かに頼りたくてたまらなかった寂しいバージンではなくなっていた。

ドーラは広々とした部屋を見回した。もっとよく見えるように、机のランプをつける。豪華な部屋に気後れすることはもうなかった。アンバーに手厳しい言葉を浴びせられたときも、傷つきはしたけれど、打ちひしがれはしなかった。わたしはもはやドーラ・ネルソンではない。ドーラ・カーンだ。人の言いなりになる女性ではなく、エル・バハール王国のプリンセスなのだ。

なぜか説明はできないけれど、ファティマの言葉の意味が閃光のようにひらめいた。カリールが一番望んでいるもので、たったひとつわたしが与えられるものがある――わたしの愛だ。

ドーラは頭を振ってにっこりした。なんて簡単だったのかしら。なぜ今まで気づかなかったの？　カリールはアンバーと浮気するつもりなどない。彼は美しいだけの妻なんて求めていないのだ。彼が必要とし、望んでいるのは対等なパートナー――エル・バハールの将来を見越す力はもちろん、彼に見あった知性と行動力を持った妻だ。それにはアンバーよりわたしのほうがふさわしい。確かに彼女は若くて美人だ。けれども、わたしと愛しあったときのほうが、カリールは満足しているはず。彼の腕に抱かれると、魔法が起きた気さえするくらいだ。心とからだがしっかりと結ばれ、決して切れることのない絆ができているように思える。

でも……でも、カリールはただの一度も過ちを認めない。わたしを欺いて結婚に持ちこんだことを謝らない。決して自分の気持を明かそうとしないし、愛しているとも言ってくれない。

ドーラは机の前の椅子に腰をおろして、積みあげた書類の上に手を置いた。いったいどっちが先に降参するのかしら？　どっちも降参しなかったら、勝つのはどっち？

「わたしが降参したら……」

ドーラは唇を引き結んだ。わたしが降参したら、どうなるかしら？　カリールに支配されるの？　仕事はやめさせられるの？　それとも、心から望んでいることが実現するのかしら？

「でも、カリールのほうが折れるべきよ」ドーラは大声で言った。「彼に……」唇をぎゅっと閉じる。「彼に愛されたい」

カリールは辛抱強く毎晩のように部屋にやってきて、わたしが同意するまで誘惑し続けている。わたしが副大臣になったときは心から喜んでくれた。わたしが国王と意見を衝突させても、満足げに見守ってくれた。彼の意見を代弁させてくれたことも一度や二度ではない。

それに、〝きみの機嫌をとる〟と言った彼の言葉は本当だった。ふたりきりで本を読んだり、おしゃべりしたりして夜を過ごした。いろいろなところに連れていってもくれた。子供は絶対息子がふたりだと言いながら、娘もひとりかふたりほしいと言っていた。

愛情のない男性がすることだろうか？　むしろとても夫らしい態度だ。わたしは望まれた花嫁ではなかったかもしれないけれど、カリールのただひとりの妻だ。彼はいろいろな面で譲ってくれている。要求を押し通したら、わたしはすべてを失う恐れがある。

ドーラは手を握りしめようとした。そのとき、書類の下のどっしりとしたかたいものに触れた。なにかと思い、書類をよけてみてにっこりする。儀式用の短剣だ。先週会った高官からプレゼントされたもので、使い道がなかったため、レターオープナーにしていた。

ドーラは鈍く光る刃と金の握りを見つめた。わたしたちの関係について、カリールにどうやって切りだそう。現状を変える必要はあるけど、わたしは降参したくない。彼と同じように。

そのとき、ある考えが浮かんだ。途方もないばかげたものだけれど、うまくいくかもしれない。ちらりと時計を見る。パーティは終わったはずだ。ドーラはにっこりして立ちあがった。絶好のチャンスだ。カリールが本当にアンバーと一緒だったら、それはそれで都合がいい。笑いものにならずにすむ。

三十分後、ドーラは一番エレガントなドレスを着て宮殿の廊下を静かに歩いていた。普段のドレスよりも襟ぐりが深くくれていて、胸の谷間があらわになっている。今夜はいろいろな意味で武装する必要があった。右手に持った短剣をからだにぴったりとそわせる。誰も武器には気づかないだろう。

運よく誰にも見られずにカリールの部屋に行くことができた。そっとなかに入って、後ろ手で鍵をかける。それからドーラは彼に近づいていった。

カリールはひとりだった。窓に面した机に向かっている。ドーラが入ってきたことには気づいていないようだ。

ドーラは窓ガラスに映ったカリールの様子をうかがった。黒い髪が額にかかっている。タキシードのジャケットとネクタイはソファに脱ぎ捨てられていた。シャツのボタンをはずし、袖は肘までまくりあげている。

その姿がとても男らしく感じられ、ドーラは思わず息をのんだ。からだじゅうが熱くなり、彼がほしくてたまらなくなる。ベッドのなかだけでなく、人生においても。この男性と年を重ねていきたい。歩み寄る方法は、たったひとつしかない。神さま、お願いです。どうかうまくいきますように。

ドーラは一歩ずつカリールに近づいていった。心臓が激しく鼓動している。あと二メートルほどのところまで近づいたとき、顔をあげたカリールが、窓ガラスに映ったドーラの姿に気づいた。

「ドーラ、なにをしているんだ？　大丈夫かい？」

ドーラはカリールの顔を見た。不意に現れた彼女を見て喜びに目を輝かせたのも束の間、すぐに不安げな表情になる。ドーラはさらにカリールに近づき、背後から彼の喉に短剣をつきつけた。

カリールは平然としていた。ただペンを置き、窓ガラスに映ったドーラと目を合わせる。

「ぼくの注意を引きたいなら、成功だね」カリールは落ち着いて言った。

ドーラはカリールの肌に刃を押しつけた。「カリール、不貞を働いたりしたら、切るわよ。喉じゃないところをね」

「なるほど。前もって教えてくれてありがとう。だけど、ぼくには関係ないことだ。山猫の妻以外、女性には興味がないからね」そう言うと、カリールは口もとにうっすらと笑みを浮かべた。

「はったりじゃないわ。本当にやるわよ。あなたはわたしの夫よ。わたしの心をつかんでいるの。だから、わたしを尊重して大切にして」

カリールの顔から笑みが消えた。彼はドーラの手首をさっとつかんで自分から離すと、椅子に座ったままくるりと彼女のほうを向いた。そして立ちあがり、短剣をとって床にほうり投げる。短剣はタイルの上を転がり、部屋の隅でとまった。

「なんて言った?」カリールは真剣な表情で尋ねた。

ドーラはカリールの顔を見つめた。

「言ってくれ」カリールは迫った。「もう一度言って。ぼくがきみの心をつかんでいるって」

こんな会話になるなんて予想外だった。カリールにまじまじと見つめられ、ドーラは少し不安になった。「聞こえたでしょう」身をくねらせて彼の手を振りほどこうとしたが、さらに手首をきつく握られただけだった。「放して」

「いやだ」カリールは強い口調で言って、ドーラを腕に抱きあげた。そのままベッドに運んでいっておろすと、隣に腰かける。「絶対に手放さない。ぼくの妻なんだから」ドーラの顔を撫でて、唇を親指でなぞった。「きみはぼくのものだろう?」

「ええ。心から愛しているわ」ドーラはささやいた。真実を否定することはできなかった。

「でも、勘違いしないで。わたしたちの関係はなにも変わらないわ……あなたもわたしを愛してくれなければ。わたしは本当の結婚生活をしたいの。夫婦らしく一緒に住んで、ほかの女性、特にアンバーとはベッドをともにしないと誓ってほしい」

アンバーの名が出たとたん、カリールの目がかすかに曇った。彼はドーラを引き寄せて腕を回し、彼女の頭を肩にもたせかけた。

「彼女を甘く見ていた。正体をきみに言っておくべきだったよ。だけど、恥じていたんだ」

ドーラはカリールを見た。「どういうこと？　婚約していたんでしょう」

「ああ。だけど、無理やり縁組みさせられただけで、どうにかして回避したかった。アンバーと結婚するなんて絶対いやだったんだ。彼女はベッドからベッドへと男を求めて渡り歩いているような女だ。だけど、彼女の正体は言いたくなかった。彼女の父親のことがあるから」

エル・バハールの法律や慣習に詳しくなっていたドーラには、カリールの気持がよくわかった。「アレセルは立派な指導者だわ。娘のことを知ったら、辞職せざるを得ないでしょうね」

カリールはうなずいた。「ニューヨークにいたとき、アンバーが会いに来て、結婚を迫った。罠にはまったと思ったよ」

話がぴったりとおさまった、とドーラは思った。カリールはむずかしい問題を解決する方法を探していたのだ。アンバーはなんて残酷なのだろう。

「そこにわたしがいたのね。わたしで手を打とうとあなたは考えた」

カリールはドーラに腕を回して抱き、彼女を上にしてあおむけになった。「手を打とうなんてめっそうもない」ドーラの唇に唇を重ねる。「きみは一番大切な人だ」

「愛しているってこと？」

カリールはため息をついた。「そうだよ、ドーラ。愛している」

ドーラはほほえんだ。「カリール、お互いに頑固だったわね。悲しかったわ」

「当然だよ。すべてきみが悪いんだ。きみがもっと協力的で、ものわかりがよかったら――」

ドーラはカリールをつき放して、ベッドからおりようとした。だが、彼にさっとつかまえられた。

「どこに行くつもりなんだ？」カリールはドーラを引き寄せて言った。

ドーラはまたつき放そうとしたが、カリールはびくともしなかった。彼をにらんで言う。

「短剣をとって、つきつけてやろうと思ったの」

カリールは笑った。「できないさ。ぼくを愛しすぎているから」

「ええ。それがいやなの」

「いや、そんなはずないさ」

ドーラはカリールにもたれてうなずいた。「そうね。確かにいやじゃないわ」

カリールはドーラの髪を撫でて、頭のてっぺんにキスをした。「ずっと前からぼくを愛していた？」

カリールの口調はさりげなかったが、ドーラはその裏になんとも説明しがたい響きを聞きとった。彼に限って不安を抱えているとは思えないが……。

んだ？」

「だったら、きみの部屋に行くたびに拒絶したのはなぜ？　なぜ愛しあうことを拒否した

「ええ。最初から」

カリールはプリンスではなくひとりの男性になっていた。女性に屈服した男性に。ドーラは胸がいっぱいになった。「自分の気持と闘っていたの。あなたがほしくてたまらなかった。それは今も変わらないわ」

カリールは情熱的にキスをした。「ぼくもだよ。今夜きみの部屋に行かなかったのは、気分が悪そうだったからだ」

「わかってるわ」今ならはっきりとわかる――アンバーに邪魔されることは決してない、と。

カリールは起きあがり、シャツを脱いだ。さらに靴やソックス、ズボン、ブリーフもさっと脱ぎ捨てる。そして、裸でベッドに横たわった。

「償いをしてもらうよ」カリールは偉そうに言った。「きみはベッドのみならず心にも夫を迎え入れようとしなかった。きみがとった行動は重く罰せられるべきだ」下腹部を示す。

「罪の償いをしなさい。今夜はきみがぼくに奉仕するんだ」

「させてもらえるの？」ドーラはきいた。男性は愛していると言われると、世界を支配している気になるらしい。

「いつでもぼくを喜ばせてかまわないよ」

「ありがとう」ドーラは小声で言うと立ちあがった。

カリールは勝ったと思っている。ドーラは笑みを隠した。このゲームを続けよう。

ドーラはゆっくりとドレスとストッキングを脱いだ。ホックをはずし、ストラップを肩からおろしてブラジャーをとる。パンティを脱ぐと、膝をついて夫に覆いかぶさり、かたくなった胸の頂を彼の口もとに近づけた。

「プリンス・カリール、なにがお望み？　命令どおりにするわ」

カリールは手をのばしてドーラを引き寄せると、胸の先端を口に含んだ。ドーラは身を震わせた。脚のあいだはすでに熱く濡れている。カリールのそばにいるだけで、からだがほてってしまう。

「きみがほしい」カリールはドーラと目を合わせて言った。「愛している。ここに来て一緒に暮らすと約束してくれ」

「ほかに行きたいところなんてないわ。ほかには？」

カリールは一瞬考えた。「いつまでもぼくを愛すること」

ドーラは胸に温かいものがこみあげるのを感じた。「いつまでも愛するわ」

「ぼくもいつまでもきみを愛し続ける」

「それで全部？　ほかに望みはないの？」

「まだあるよ」カリールはにやりとした。「ぼくと愛しあうこと。もう始めていいよ」

「はい、殿下」

ドーラは言われたとおりにした。熱い下腹部を近づけていって、カリールをとらえる。

そして彼を自分のなかに包みこんだ。

「ドーラ」カリールはあえいで目を閉じた。「寂しかったよ」

最後に愛しあったのはつい二日前だ。ドーラはそう思ったが口にはせず、腰を動かし続けた。カリールもからだをのけぞらせてそれにこたえる。

だが、ドーラはなんとか理性をとり戻して、カリールの名を呼んだ。

「なんだい？」カリールは答えた。

ドーラは腰の動きをとめると同時に、カリールの唇に唇を重ねた。「妊娠したの」

カリールは目を見開いたまま、言葉を失った。ショックのあまり、一気に天国にのぼっていく。そして、笑い声がまじったうめき声をあげて、ドーラを引き寄せた。

そのとき、ドーラは勝ったと思った。誘惑のゲームに勝ったばかりか、このすばらしい男性の愛を勝ちとったのだ。義務を果たすための便宜上の結婚だったはずだが、奇跡が起きた。ドーラとカリールは命がつきて……澄みきったエル・バハールの空に輝く星になっても、離れることのない夫婦になれたのだ。

＊本書は、2001年4月に小社より刊行された作品を文庫化したものです。

ハーレムの夜

2021年11月15日発行　第1刷

著　者　スーザン・マレリー
訳　者　藤田由美
発行人　鈴木幸辰
発行所　株式会社ハーパーコリンズ・ジャパン
東京都千代田区大手町1-5-1
03-6269-2883（営業）
0570-008091（読者サービス係）

印刷・製本　中央精版印刷株式会社

定価はカバーに表示してあります。

この書籍の本文は環境対応型の植物油インクを使用して印刷しています。

ISBN978-4-596-01707-9

mirabooks

忘却のかなたの楽園
マヤ・バンクス
小林ルミ子 訳
所有する島の購入交渉に来たラファエルと恋に落ちたブライアニー。契約を交わすと彼との連絡は途絶える。妊娠に気づき訪ねると、彼は事故で記憶を失っていて…。

忘れたい恋だとしても
マヤ・バンクス
藤峰みちか 訳
会社経営者ライアンと婚約し幸せの絶頂にいたケリーは、ある日彼の弟との不貞を疑われ捨てられた。半年後、彼の子を身ごもるケリーの前にライアンが現れ――

消えない愛のしるしを
マヤ・バンクス
琴葉かいら 訳
夫の死後三年がたち、過去を吹っ切るために秘密の社交場にやってきたジョスリン。長年胸に秘めてきた願いを叶えようとするが、そこには夫の親友がいて…。

心があなたを忘れても
マヤ・バンクス
庭植奈穂子 訳
ギリシア人実業家クリュザンダーの子を宿したマーリーは、彼にただの〝愛人〟だと言われ絶望する。しかも追い打ちをかけるように記憶喪失に陥ってしまい…。

後見人を振り向かせる方法
マヤ・バンクス
竹内　喜 訳
イザベラが10年以上も片想いをしているのはギリシア富豪一族の次男で後見人のセロン。だがある日、彼がどこかの令嬢と婚約するらしいと知り…。

一夜の夢が覚めたとき
マヤ・バンクス
庭植奈穂子 訳
楽園のような島のホテルで職を得たジュエルはその日、名も知らぬ男性に誘惑され熱い一夜を過ごす。だが彼こそがオーナーのピアズで、彼女は翌日解雇され…。